ガンパレード・マーチ
5121小隊 九州撤退戦
〈上〉

榊　涼介

Illustration／Junko Kimura

イラスト／きむらじゅんこ
デザイン／渡辺宏一（2725Inc.）

序文

一九四五年。第二次世界大戦は意外なかたちで終幕《しゅうまく》を迎えた。

「黒い月」の出現。それに続く、人類の天敵《てんてき》の出現である。人類の天敵、これを幻獣《げんじゅう》という。

確固たる目的も理由もなく、ただ人を狩る、人類の天敵。人類は、存続《そんぞく》のために天敵と戦うことを余儀《よぎ》なくされた。

それから五十余年、戦いはまだ続いている。

一九九七年。幻獣と戦い続ける人類は、劣勢《れっせい》の余りユーラシア大陸から撤退《てったい》するに至っていた。この年、幻獣軍は九州《きゅうしゅう》西岸から日本へ上陸《じょうりく》。

一九九八年。人類は幻獣軍に記録的な惨敗《ざんぱい》を喫《きっ》す。事態を憂《うれ》えた日本国首脳部は、一九九九年にふたつの法案を可決《かけつ》し、起死回生《きしかいせい》をはからんとする。

ひとつは幻獣の本州《ほんしゅう》上陸を阻止《そし》するための拠点《きょてん》、熊本要塞《くまもとようさい》の戦力増強。もうひとつは、十四歳から十七歳までの少年兵の強制招集《しょうしゅう》であった。

そして――。

同年三月、5121独立駆逐戦車《くちくせんしゃ》小隊発足《はっそく》。

過酷な消耗《しょうもう》戦が続く中、苦肉《くにく》の策《さく》として新規編制《へんせい》された試作実験機小隊は、三機の人型《ひとがた》戦車・士《し》魂号《こんごう》を駆って熊本各地を転戦。死闘を繰り返した。

当初は「捨《す》て駒《ごま》」としてしか考えられていなかった小隊は意外にも善戦《ぜんせん》、しだいに戦線の将《しょう》兵《へい》の間で語られるようになっていった。

この物語は、最後の瞬間まで屈《くつ》することなく、「どこかの誰かの未来のために……」戦い続けた5121小隊の少年兵の戦いを伝えるものである。

阿蘇特別戦区・彦星ペンション村付近　〇五〇〇

五月六日阿蘇《あそ》特別戦区。

東の空が白々《しらじら》と明け初《そ》めている。折からの強風が雲を流し、草原をざわめかす。濃厚な草木のにおいに交じって、硝煙《しようえん》と何かが焦《こ》げるにおいが鼻腔《びこう》を刺激する。

5121独立駆逐戦車《くちくせんしや》小隊付戦車随伴歩兵《スカウト》・若宮康光《わかみややすみつ》は草原の一画に掘り抜かれた塹壕《ざんごう》陣地を見渡した。部隊の半数は眠り、半数は寝ぼけ眼《まなこ》をこすりながら今なお警戒態勢にある。一晩中続いた敵の夜襲《やしゆう》に部隊は一時、危機に陥《おちい》った。

幻獣《げんじゆう》側の数を利しての浸透《しんとう》戦術。歩兵《ほへい》にとってはこいつが何よりもこわい。幻獣との戦争がはじまってから五十年が経《た》とうとしているが、敵のこの戦術だけは変わっていない。人類側は塹壕を掘り、陣地を築いて敵の襲撃に耐えるしかなかった。

煌々《こうこう》と照らされた探照灯《サーチライト》の光の下、若宮と同僚《どうりよう》の来須《くるす》銀河《ぎんが》は突進する幻獣を撃退し、懸命《けんめい》に部隊を支えた。部隊は辛《かろ》うじて敵の攻撃をしのぎ切った。

消耗《しようもう》の激しいこの戦区の穴《あな》埋め要員《よういん》として配備された新設の歩兵小隊だった。指揮官も隊員も新人で占《し》められている。本来なら5121小隊付の随伴歩兵である若宮は、来須とともにこの小隊に助《すけ》っ人《と》として参戦していたのだ。

好きになるとロンリー
それは　神のＨＩＰなイタズラ
嘆《なげ》かないでダーリン
明日も愛を信じて　ゆきましょ
この世界は　愛で生まれた
ドンウォーリー、ビーハッピー、イエイ

早朝だというのにどこかの隊のラジオから『SWEET DAYS』の甘い歌声が流れている。本来なら厳重に注意されているところだが、前線には前線のオキテがある。むしろ余裕《よゆう》さえ感じさせる選曲だ。それに比べてこの小隊ときたら——戦闘前は緊張しまくりで、戦闘中はぎくしゃくし通し、戦闘後はたががはずれたように全員が惚《ほう》け切っている。

学兵《がくへい》でしかも新人さんならまあこんなものか、とあきらめてはいるのだが、早いところ自衛《じえい》軍《ぐん》が再建されなければ相当にやばいぞ、と若宮は内心では思っていた。プロの自衛軍兵士に比べて、訓練期間が絶望的に短いにしろ、この体力・気力のなさはどうだ。しかも規律らしい規律は皆無《かいむ》だ。

規律がないからハンパな個人主義が蔓延《まんえん》する。ハンパな個人主義とは——そう、不安や恐怖《きょうふ》をくよくよとそれぞれの兵が抱《かか》え込んでしまうことだ。

考えるのはえらい人の仕事だ。一般的なレベルでは兵は機械的に動ける方が良いだろう。頭の中身は単純な方が良い。頭を極力《きよくりよく》すっきりさせて、命を指揮官に預けたと割り切れる兵が望ましい。――と、単純素朴《そぼく》な若宮としてはつらつらと考え込んでしまう。

待てよ、このパターンはどこかで、と若宮はどこかの小隊のことを思い出していた。

軍人らしさはまるでなし。クラブ活動の延長のようなノリでついに熊本城《くまもとじよう》攻防戦を戦い抜いてしまった変わり種の隊だ。そんな隊が忌々《いまいま》しいことに、今では最強と目されている。

(考えごとは柄《がら》じゃないんだがな……)

若宮は顔をしかめて、アサルトライフルを抱えたまま船をこいでいる学兵をちらと見た。

気配に気づいた学兵が目を開けた。

「あ、若宮先輩。異状《いじよう》ありません」

「……いいから眠れ。俺が見張りを代わってやる」

……先輩かよ。若宮はかぶりを振って学兵に言った。学兵はうなずくと、そのまま地べたに崩れ落ち、旺盛《おうせい》な鼾《いびき》をかきはじめた。この二カ月で自分もずいぶんヤワになった。昔だったら、横《よこ》っ面《つら》を張り飛ばしているところだ。

「あの……若宮さん、昨夜はお疲れさまでした」

今度は、さんづけだ。目の前に紙コップに入った茶が差し出された。ふっくらとした丸顔の百翼長《ひやくよくちよう》が立っていた。

元はそこそこ男子に騒がれる存在だったろうが、今では髪はぱさぱさ、疲労のためか肌も色《いろ》艶《つや》を失っている。島村和美《しまむらかずみ》。百翼長。学兵《がくへい》出身、しかも元事務官《じむかん》だったという隊長である。熊本城攻防戦で隣同士の陣地になって以来、若宮は同僚の来須と一緒になんとなくこの隊の面倒を見ている。5121の善行《ぜんぎょう》司令《しれい》が出向《しゅっこう》とかなんとか書類上の操作《そうさ》をして、ふたりのべテラン歩兵をこの新人ばかりの小隊に張りつかせていた。

若宮は恐縮《きょうしゅく》して顔を赤らめた。四本腕の重ウォードレス可憐《かれん》の武骨《ぶこつ》な腕を操《あやつ》って器用に紙コップを受け取ってみせる。

「ああ、すみません」

「また助けられちゃって。おかげで昨夜は戦死者はゼロ、本当にありがとうございました」

上官である島村に頭を下げられて、若宮は面《おも》はゆげに、いっきに茶を飲み干した。

「あー、その……おいしいお茶ですね。玉露《ぎょくろ》とかなんとかいうんでしたっけ」

「いえ、ただのほうじ茶ですけど。あ、お代わり淹《い》れてきますね」

島村はペンギン走りでいそいそと給湯《きゅうとう》スペースへと走り去った。なんだかなあ、とほっそりした女性仕様《しよう》のウォードレスを着込んだ島村の後ろ姿を見送って、若宮はため息をついた。

同僚の来須銀河は塹壕から離れた草原上に座って、かなたに目を凝《こ》らしていた。

「茶だ」

若宮が紙コップを差し出すと、来須は黙って受け取った。

「にしても、昨夜はどうなるかと思った」

若宮が口を開くと、来須は黙ってうなずいた。

実のところ、ヒヤリとする戦闘だった。幻獣の夜襲という慣れない事態に学兵は浮き足立ち、ある者はパニックを起こして逃げようとした。若宮は兵を叱咤《しった》し、ぶん殴り、無理矢理《やり》戦闘に参加させた。射撃音を圧して、若宮の叫び声が塹壕に響き渡った。歩く活火山《かっかざん》のような若宮とは対照的《たいしょうてき》に、来須はレーザーライフルでミノタウロスなどの中型幻獣を黙々《もくもく》と狙撃《そげき》し、サブマシンガンで塹壕内に躍《おど》り込んできたゴブリンを掃射《そうしゃ》した。

結果として、幻獣を撃退することができたのは幸運だったと若宮は思っている。

「……この戦区にしては中型幻獣の数が多かった」

来須がぼそりと言った。この陣地の位置は、最前線の後方一キロほどにある。人類側が念を入れて構築した縦深《たてぶか》陣地のひとつだ。

それが昨夜はあれだけの攻撃を受けた。あと少し敵の数が多ければ危なかったと言外で告げている。若宮はそっけなくうなずいた。まあ、運が良かったということだろう。

「ま、敵さんのことを考えてもしようがない」

若宮は大きく伸びをすると、来須の隣にあぐらをかいた。ふたりの様子を見ていた新兵たちもそれにならって塹壕から這《は》い出す。

ふたりはしばらく思い思いにくつろいでいたが、やがて若宮が口を開いた。

「隊の連中、どうしているかな」

来須は無言。この種の世間話《せけんばなし》に来須が反応しないことは知っているので、若宮はしかたなく言葉を継《つ》いだ。

「……実はな、この間、新井木《あらいぎ》とひょっこり出会ってな、一緒《いっしょ》にラーメンを食った」

変だぞ、俺は何を口走っているのだろうと思いながらも、言葉が口をついて出た。来須は草原のかなたに目を注いだまま話を聞いている。


……熊本城攻防戦から一週間、久しぶりに熊本に帰還《きかん》した若宮は空腹を抱《かか》えて瓦礫《がれき》の街をさまよっていた。毎日、一定量のジャガイモは支給《しきゅう》されるが、さすがに「好き嫌いのない」若宮でもそのにおいを嗅《か》いだだけでウンザリするようになっていた。

行きつけのラーメン屋が戦災を免《まぬか》れた地域にあることは知っていたので、もしやと思い、足を運んだ。店の前には人影はなかった。暖簾《のれん》も出ていなかったが若宮は店の近くにたたずんで、中の様子をうかがった。濃厚なにおいが胃を刺激した。営業するのか？　だとしたら待つ価値はある。暖簾が出るまで、若宮は待ってみようと思った。

待つこと三十分、小柄な女子学兵が現れ、ラーメン屋のまわりをちょろちょろと探《さぐ》り、歩き回りはじめた。一番機整備士《せいびし》の新井木勇美《ゆみ》。整備技量未熟《みじゅく》、能天気《のうてんき》なお調子者だったが、何故《なぜ》か若宮とは話が合った。

若宮は苦笑すると、思い切り新井木の背中をどやしつけた。

「ゴブリンが街に迷い込んできたかと思ったぞ」

「えっへっへ、こんなプリティなゴブリンはいないっしょ。けど、さすがに食欲大魔人《だいまじん》。抜けめがないね。さあ、ラーメン屋に突撃《とつげき》っ！」新井木は隣に並ぶと、若宮の腕をつかんで言った。

そこからが地獄《じごく》だった。何故か伝説の「極楽昇天《ごくらくしようてん》ラーメン」なるものが登場し、若宮と新井木は〝ラーメン十杯食い無料〟のシュールにして過酷な戦いへと突入した。

新井木は戦死。若宮は気を失った新井木をおぶって、公園まで連れていったものだ。

あとは悲惨《ひさん》であった。げろげろのげろ子と化した新井木につき合って、それから……。


「まったく、しょうがない女だ、あいつは」

若宮は微《かす》かに顔を赤らめた。温泉へ行こうなんてせがまれて、一瞬その気になってしまった。

それから、あの騒ぎだ――。幻獣共生派《きようせい》のテロリストに司令部ビルが爆破され、熊本市内は大混乱に陥った。ふたりはやっとのことで隊に合流して、それからテロリストを狩るべく慌《あわ》ただしい時間を過ごすこととなった。しかしまあ、……温泉かぁ。悪い話じゃなかったな。

「単純な女さ」

照れくささを押し隠して若宮が結論づけるように言うと、来須は口許《くちもと》をほころばせた。

「そうか」

「もっと真剣に自分の将来を考えろってんだ」

若宮が忌々しげに言うと、来須は「そうか」と同じ言葉を繰り返した。若宮はためらったあげく、しぶしぶと言葉を継いだ。

「あー、実はな、自然休戦期になったら温泉へ行こうって約束した。……こら、来須。おまえがしゃべらんからよけいなことまで言っちまったぞ」

「……俺に何をしゃべれと?」来須は無表情に若宮を見つめた。

「無理にとは言わんが」

「そうだな……」来須は記憶を探《さぐ》るような表情になった。

「おまえが……たとえどんな無駄口《むだぐち》をたたこうとも俺は咎《とが》めんぞ。たまには馬鹿になれ。あー、今、俺がした馬鹿話を手本にしてだな」

「……前に石津萌《いしづもえ》と茶を飲んだ」

「そうそう、その調子だ。なんだって?」

若宮は唖然《あぜん》として、来須を見つめた。来須は「石津と茶を飲んだ」と繰り返し言った。若宮は咳払《せきばら》いをすると、ことさらにしかつめらしく言った。

「それはわかった。しかし、どのような状況《じょうきょう》でそうなったのだ?」

「瓦礫の下から猫の死骸《しがい》を――」

と言うと、来須は再び押し黙った。

「なるほど。猫の死骸を取り出して葬《ほうむ》るのを手伝ってやった、と。確かにおまえにも石津にもそんなところはあるな」

同じ歩兵として肩を並べて戦ってきた仲だが、来須と自分とではずいぶん違う、と若宮は常常感じていた。戦争において死は日常だ。極端に言えば、死体は元人間だ。物として割り切って考えるようになった自分とは来須は明らかに異なっている。以前、死体の前に黙然《もくぜん》とたたずむ来須を見て、若宮は首を傾《かし》げたものだ。こいつは死者を悼《いた》んでいる。しかしそれでは神経が参《まい》ってしまうだろう。自分ならそうだ。しかし、そうはならずに淡々《たんたん》と戦いの中に身を置くことができる来須が若宮には謎だった。

「……その後、石津の部屋で茶をご馳走《ちそう》になった」

若宮の補足を肯定《こうてい》も否定《ひてい》もせず、来須はぼそりとつけ足した。

「石津となぁ。それで……どんなことを話したんだ？」

どんなことをと尋《たず》ねられて来須は微かに首を傾げた。

若宮はますます謎だ、と同じく首を傾げた。そもそも来須と石津の間で会話がなり立つのか？　おそらく性格的に石津の部屋はきれいに片づいているはずだ。これも性格上、ＢＧＭなどはないだろう。塵《ちり》ひとつないしんとした部屋で来須と石津が向かい合って茶を飲んでいる――いかん、どうやら俺の想像力ではこれまでだ、と若宮は黙り込んだ。

「強《し》いて言えば――」

来須の声が聞こえた。まだ話は続くのか？　若宮は耳をそばだてた。

「救済《きゅうさい》、について話をした」

「うむ」

「……それだけだ」

来須は唐突《とうとつ》に話を締めくくった。若宮は空を仰いだ。５１２１小隊に配属されてからさまざまな人間を見てきたが、来須にしろ石津にしろ、最も距離を感じさせる人種だ。こいつらはどこへ行くのだろうと時々若宮は考える。むろん、考えたところでしかたがない。ただ、相手のことを考えるだけで少しは距離が近くなったかのような錯覚《さっかく》を覚えるだけだ。そんな若宮の思いを知ってか知らずか、来須は口許をほころばせた。

「おまえはこれからどうするつもりだ？」

「わからん」

以前にも聞いた答えだったので、若宮はうなずいた。この男にそんな質問をすること自体、まちがっているのかもしれない。この男が戦場から離れることはないだろう、と若宮は直感的に思った。それに——そもそも自分がこのような質問をすること自体、妙《みょう》だった。元々、自分は善行司令の腹心《ふくしん》だ。善行の影となって、彼を守ることが唯一《ゆいいつ》の存在意義だった。自分の未来はそのように決定づけられている。

「実はな」と若宮は照れくさげな口調で言った。

「前に戦争が終わったら清掃《せいそう》会社をやるって言ったろう。あれは嘘《うそ》だ」

「そうか」

来須はじっと草原に目を据《す》えたまま言った。

「軍隊から離れて生きる自分を想像してみるっていうのもけっこう楽しいぞ。夢を見るっていうかな」

「なるほど」

「本音《ほんね》を言えばな——」

若宮は声の調子を落として言った。

「5121は難しい。なんせ人型戦車の士魂号そのものが軍事機密《きみつ》だからな。隊の連中が除隊しますと希望を出してすんなり通るとは思えん。選択肢《せんたくし》はそう多くはないのさ」

「そうだろうな」

「特に厄介《やっかい》なのが開発に携《たずさ》わった原《はら》さんだ。軍から離れるのはまず無理だろう。少しでも不穏な動きをすれば大変なことになる」

若宮の口調に憂鬱《ゆううつ》な響きを感じ取ったか、来須はじっと若宮を見つめた。

「何故、そんなことを話す？」

「さあ、どうしてかな。薄々《うすうす》感づいてるとは思うが、善行司令は原さんを手許に置いて守ろうとしている。俺は善行司令を守るのが仕事だ。考えを整理したかったのかもしれん」

来須は黙って若宮を見守った。若宮は自分の未来に選択肢がないことを知っている。そのぶん、迷いがなく一途《いちず》だ。

「俺は……善行司令も原さんも、隊のやつらも……やつらの未来を守ってやりたい」

若宮の言葉に、来須は大きくうなずいた。

遠くで砲声が起こった。新人たちはあわてて塹壕へ潜り込んだが、若宮と来須、他隊の古参《こさん》兵《へい》は悠々《ゆうゆう》と空を見上げた。東の空に黒煙が立ち昇っている。

「あの……敵の攻撃が再開されたらしいです！」

島村百翼長が駆け寄って、切羽《せっぱ》詰まった表情でふたりにささやいた。

無線が鳴った。絶叫《ぜっきょう》に近い声が切れ切れに聞こえてくる。

若宮と来須は顔を見合わせた。発信源は、まさか針ネズミ陣地？　戦線の突出部《とっしゅつぶ》に強力な陣地を構える精鋭《せいえい》の小隊群だ。若宮と来須は立ち上がると、無線機に駆け寄った。百翼長があわててあとを追う。

はじめに聞こえてきたのは、耳を圧する生体ミサイルの爆発音だった。

「こちら針ネズミθ《シータ》、２１３７小隊。敵攻勢激化。至急《しきゅう》、救援、求む！」

来須は受話器に手を伸ばすと、冷静な声で言った。

「落ち着け。敵戦力は？」

「たくさんだ。とにかくたくさんだっ！　スキュラもミノタウロスもゴルゴーンも。ゴブの野郎で地面が埋《うず》まっていやがる」

「被害状況は？」

「針ネズミα《アルファ》沈黙。β《ベータ》からも連絡が途絶《とだ》えた。陣地中、ゴブリンが暴れ回ってやがる」

「わかった」

それだけ言うと、来須は受話器を置き、通信を切った。

遠くで長距離砲の音がどろどろと聞こえた。続いて軽快なロケット砲の音が虚空《こくう》に響き渡る。数キロ先の草原で、しきりに爆炎と閃光《せんこう》がまたたいている。

「あの……どういうことでしょうか？」

島村百翼長がおそるおそる尋ねてきた。

「敵の大攻勢。針ネズミ陣地はおしまいだ。じきにこの陣地にも敵の大軍が押し寄せてくる。若宮」

来須の言葉に若宮は大きくうなずいた。

「トラックを確保、だな」

事務官出身の島村が事務処理能力の限りを駆使《くし》して獲得した二台のオンボロの2トントラックがこの部隊の唯一《ゆいいつ》の移動手段だ。車両を持たぬ他隊に横取りされぬよう、監視をしなければならない。学兵の戦車随伴歩兵の場合、自前で車両を持っている隊は少なく、戦場への「定期《ていき》便《びん》」に頼って移動するか、他隊の車両に乗せてもらうしかなかった。

若宮は無線機から離れると、「何人かお借りします」と百翼長に断って塹壕の後方に歩み去った。

「あ、あの、どういう……」

「隣を見てみろ」

来須に言われて、島村は隣の古参小隊の塹壕に視線を転じた。

あれだけの救援要請《ようせい》があったというのに、彼らは何事もなかったかのように、陣地から這い出ると、どこからか調達してきたらしい数台の高速バスに乗り込んでいた。車体の横腹には九《きゅう》鉄《てつ》観光と書いてあった。

「連中には撤退命令が出たらしい」

「はぁ……」

島村はなおも理解不能といった顔をしている。

無線機が鳴った。あわてて出ようとする島村の手を来須は押さえた。どうして？　という顔の島村に、

「この隊には別命あるまで待機《たいき》せよとの命令が下されるはずだ。無線機は故障したことにする」

そう言うと来須は島村の手を取ったまま立ち上がった。島村の顔が赤らんだ。

この隊に派遣《はけん》される前、来須と若宮は小隊司令の善行からかつての「お隣さん小隊」について指示を受けていた。決戦の翌日《よくじつ》、すでに激戦地である阿蘇特別戦区に穴埋め要員として配属されたという。阿蘇及び阿蘇特別戦区の草原地帯は、地形上最も幻獣側に有利な戦区で、人類側も幻獣側も多くの兵力をここに張りつかせていた。百戦錬磨《ひやくせんれんま》の古参部隊と古参部隊の隙間《すきま》に、それこそ地図の空白を埋めるように配備されたのがこの3077独立混成《こんせい》小隊だった。

まあ、お隣さんのよしみというやつでね、と善行は眼鏡《めがね》を直しながら苦笑《にがわら》いをした。ここ数日、戦線は静かですが、それがかえって気にかかる。我々——人類側は表面上戦線を持ちこたえていますが内実は崩壊《ほうかい》の一歩手前にあります。何かあったら彼らを守ってやって欲しいのです、と。

何かあったら、の意味は明らかだった。善行は究極のペシミストだ。悲観的に物事を考え、すべてを疑う。

一時、ふたりは原隊《げんたい》に戻っていたが、その直後、熊本市内で幻獣共生派のテロが起こり、騒《そう》乱《らん》終了後、幻獣側の攻勢を予期して、善行は再びふたりを阿蘇へと派遣《はけん》したのだった。

「故障……」島村は絶句《ぜっく》すると、あたりを見回した。兵員を満載《まんさい》した高速バスはすでに走り去っている。それに呼応《こおう》するように、他隊の車両群が次々と出発する。

「撤退しているのは虎《とら》の子《こ》の精鋭ばかりだ」

来須はなおも腑《ふ》に落ちぬ表情の島村に淡々とした口調で言った。櫛《くし》の歯が抜けるように精鋭部隊が去る一方で、塹壕に留《とど》まり続ける部隊もあった。中には他隊の車両で戦線にたどり着いたのか、移動手段を持たぬ小隊もあった。

その時、「こらぁ！」と若宮の怒声《どせい》が響き渡った。島村は、ビクッとして飛び上がった。二台のトラックのそばで、若宮が他隊の兵とにらみ合っている。

「全員を集めろ。撤退する」

来須の声に島村は、不安げな表情になった。

それでも肚《はら》をくくったのか、ぱんぱんと手をたたくと、「さあさあ、皆、トラックの近くに集まって！」と塹壕内に声を響かせた。

若宮とにらみ合っている学兵は、四人。来須と島村が兵を引き連れて、近づくと、一瞬、たじろいだ表情を浮かべた。

「だからぁ、頼むよ。すげーやばい感じがするんだ。一緒に連れていってくれよ！」

十翼長の階級章《かいきゅうしょう》をつけた戦車随伴歩兵が、拝《おが》む真似《まね》をした。ぼろぼろの互尊《ごそん》に九四式機銃を肩に担《かつ》いでいる。学兵の癖《くせ》に無精《ぶしょう》髭《ひげ》を生やし、歴戦《れきせん》の兵《つわもの》といった面構《つらがま》えだ。

「そうはいかん。おまえらトラックをかっぱらおうとしただろう。その根性が気に食わんというのだ。ま、せいぜい待機命令を守るんだな」

若宮はにやりと笑って、十翼長《じゅうよくちょう》を見下ろした。しかし、目は笑っていない。間一髪《かんいっぱつ》のところで貴重なトラックを失うところだった。運転席に乗り込もうとする十翼長の首根っこをつかんで引きずり下ろす。

「行くぞ」

来須は彼らを無視すると、若宮に言った。最新式の武尊に身を固め、レーザーライフルとマシンガンを抱えた来須の出現に、兵たちは絶望的な表情を浮かべた。

「……俺たちはずっとこの戦区に張りついて、今じゃ四人に減っちまった。敵さんが押し寄せてくるってのに、別命あるまで待機せよなんて冗談《じょうだん》じゃねえ。なあ、盗《ぬす》もうとしたことは謝《あやま》るから、頼む。死にたくねえ」

十翼長は若宮と来須にそれぞれ頭を下げた。若宮は、ふっと苦笑を洩らすと、四本腕の可憐で器用に肩をすくめてみせた。

「さて、どうします。島村百翼長?」

水を向けられて島村は顔を赤らめ、来須を見上げた。来須は無表情に沈黙を守った。

「あの……じゃあ、多数決で決めましょう。この人たちを一緒に連れていってあげることに賛成な人は手を挙《あ》げて」

どこからかため息が洩れ聞こえた。指揮官《しきかん》である島村が自分で決めればよいことなのに、多数決とは。ぱらぱらと手が挙がった。若宮も苦笑しながら、手を挙げた。来須も口許をほころばせ、それにつき合った。

「じゃあ、この人たちを連れてゆくことにします。前のふたりはわたしと来須さんと一緒に一号車に。若宮さんには二号車と後ろのふたりをお願いします。けど、どこへ……」

「俺たちの本隊、5121小隊に合流する。現在、合志《こうし》方面に展開中《てんかいちゅう》だ」

来須が島村の不安を引き取るようにして言った。島村の顔に安堵《あんど》の色が広がった。

「おまえらもそれでいいな、あー、菊池《きくち》……」部隊章を見て若宮が呼びかけると、十翼長はほっとしたように笑みを浮かべた。

「菊池27独立歩兵小隊の岩本《いわもと》だ。何でも言ってくれ。これでも古参だぜ」

「あの、残った小隊はどうなるんでしょうか？」

助手席に乗り込んだ島村は窓から後方を振り返りながら、来須に尋ねた。来須は黙ってハンドルを握っている。

内気な島村の顔に珍しく、いらだたしげな色が浮かんだ。状況がまったく把握《はあく》できず、流されるままになっている。来須と若宮に従っていればまちがいはないということはわかっているのだろうが、それでも質問せずにはいられなかったらしい。

来須は島村の質問を黙殺《もくさつ》した。

すでに陥落《かんらく》寸前となっている針ネズミ陣地は、阿蘇戦区の戦線の状況をはかるバロメータのようなものだ。その被害状況によって、今後の有利不利をうらなう。その陣地が壊滅《かいめつ》するということは、かつてない事態だった。

不意にトラックに無線が入った。司令部のものとは周波数《しゅうはすう》が違う。無線からは甘く、柔らかな男の声が聞こえてきた。

「良い子にしてたか、来須、若宮。俺たちは西合志《にしごうし》の敵を掃討《そうとう》後、市内へと移動中だ。なんだかそちらは大変らしいな。ってそういや島村さーん、お元気ですかぁ？　いろいろ大変だろうけどスキンケアだけは忘れずにね。せっかくの美人が台無しになるから」

「あ、けど、暇《ひま》がなくて……」

思わず答えてしまってから、島村は顔を赤らめた。スキンケアなんて夢のまた夢だ。化粧品なんてどこにもないし、日々紫外線《しがいせん》にさらされ、そばかすが浮き出てきた自分の顔を見てぎょっとしたことがある。

「ははは。リラックス、リラックス。来須と若宮をこき使ってやってください。それと、来須。急げ。国道212号九重《ここのえ》方面、と265高森《たかもり》方面から、敵が進撃中だ。どうやら阿蘇の我が軍を包囲する動きに出ている」

「県道111は無事か？」来須は市内までの経路を計算しながら、尋ねた。

「ああ、撤退するならオススメのルートだな。他の隊は最短のルートを取って、市近郊《きんこう》の陣地に向かっているが、けっこうやばいな。ルート上にきたかぜゾンビが出没《しゅつぼつ》しているとの情報もある。上空から掃射されたらたまらんだろう」

「111から久石《ひさいし》を経《へ》て28号に乗る」

　来須はアクセルを踏んだ。阿蘇戦区の諸隊が包囲されれば、全軍はなし崩しに崩壊する危険がある。一刻《いっこく》も早く5121小隊と合流して、包囲阻止《そし》に動かねばならない。

「善行はどうした？」

　司令の声が聞こえぬことに不審《ふしん》を抱《いだ》いて、来須は尋ねた。

「ああ、それなんだが、今朝《けさ》、原さんとともに中央に出張《しゅっちょう》を命じられたとのことだ。今頃は、関門《かんもん》トンネルを抜けて東京《とうきょう》に向かっているんじゃないかな」

「出張とは？」来須は短く尋ねた。

「わからん。何かあったとしてもあの善行さんだ。おっつけ連絡が来るだろう」

　瀬戸口《せとぐち》の口調はどこか皮肉《ひにく》の色を帯《お》びていた。

「そんなわけで今のところ、芝村万翼長閣下《しばむらばんよくちょうかっか》が指揮を執《と》っている」

「無駄口をたたくな」不意に芝村舞《まい》の声が割り込んできた。

　芝村舞は政財《せいざい》、軍事《ぐんじ》に絶大な影響を及ぼす芝村一族の末姫《すえひめ》で、本来なら前線で戦うような身分ではなかった。それがどうしたわけだか、末端《まったん》の試作実験機小隊に配属されて、複座型《ふくざがた》のパイロットとして数々の死闘《しとう》を戦い抜いてきた。

「聞け。そなたらとの合流地点は熊本空港に隣接《りんせつ》する旧菊陽《きくよう》カントリークラブのトーチカ陣地。一四〇〇時までに合流することは可能か？」舞の抑揚《よくよう》のない声が響く。

「可能だ」

来須が短く答えると、挨拶《あいさつ》を嫌う芝村らしく、無線は愛想《あいそ》なくぷつりと切れた。

無線でのやりとりを聞きながら、島村和美は自己嫌悪《けんお》に陥っていた。戦況《せんきょう》が悪化しているのはわかるが、状況がまったくわからない。自分にわかるのは物品の調達と事務処理だけだ。

書類上のミスで事務官であった自分が独立歩兵小隊の隊長になってから、まだひと月と経っていない。部下の学兵もほとんどが十四歳から十五歳の子供ばかりだ。自分も部下たちもろくな訓練もされずに戦いに投入された。

熊本城の陣地で偶然隣り合わせて、武器の操作や戦い方を教えてくれたのが来須だった。そもそも自分たちの小隊は、来須さんと若宮さんに頼りっぱなしだ。ふたりがいなかったら、今《いま》頃《ごろ》、自分たちは全滅していたろう。何故、どうしてこの人たちは自分を助けてくれるのだろう。

「あの……わたしたち、邪魔《じゃま》じゃありませんか？　わたしたちにかまわず元の隊に……」

「おまえたちには整備班の護衛《ごえい》をしてもらいたい」

来須は島村の言葉を遮《さえぎ》るように言った。そして珍しく、言葉を連《つら》ねて説明した。

「攻勢的戦闘の際は、整備班は陣地の構築もままならず無防備になる。戦車随伴歩兵の小隊が必要だ。おまえらが護衛してくれれば整備員は安心して作業を続けられる。いざという時におまえらを確保しろというのが俺たちの司令の命令だった」

来須の滅多《めった》に聞かれぬ奇跡的な「口から出任《でまか》せ」に、島村は納得したようだった。事務畑出身だけあって、装備だけは十分に確保してある。なんとかなるかも、と考えた。

「わたしたち、頑張りますから！」

必要と言われて、島村の顔に張りが戻った。

「……ああ、頼む」

それだけ言うと、来須はさらにトラックのスピードを速めた。

延々《えんえん》と荷台で揺られながら、隊員のひとりが若宮に尋ねてきた。重ウォードレスを着込んだ若宮はさすがに運転席には入れない。

「僕たち、これからどうなるんですか？」

十四歳くらいの顔にあどけなさを残した学兵だった。先輩先輩と若宮に懐《なつ》いている。

「俺たちは……５１２１小隊と合流して戦うことになる」

「え、また士魂号が見れるんすか？」

学兵は目を輝かせた。若宮は苦《にが》い顔になる。士魂号が見物できるとかできないとか、そんな問題じゃないだろう。こいつらは自分の立場がわかっていない。

「敵の攻撃が激化している。阿蘇戦区はたった一日で致命的《ちめいてき》な打撃を被《こうむ》ったというわけだ」

「大変ですよね」

若宮はしぶい顔になった。大変どころか、ぼけっと突っ立っていると、たちまち幻獣の波に呑《の》み込まれてしまう。今は幻獣と競走するようにして、菊陽の陣地に駆け込んで体勢を立て直さねばならない。

きら、と光るものが視界に入った。ほどなく上空からローター音が聞こえてくる。「降車《こうしゃ》して、待避《たいひ》！」若宮は叫ぶと、トラックを止め、自《みずか》らは四丁《ちょう》の機銃を構え、敵を待ち受けた。

隣の車両では来須がスコープ付きのレーザーライフルを構えている。きたかぜゾンビ。自衛軍のヘリ、「きたかぜ」に幻獣の寄生体《きせいたい》が張りついた幻獣側の戦闘ヘリだ。

二〇ミリ機関砲が火を噴いた。巨大な弾丸が弧《こ》を描《えが》き次々と地面に突き刺さる。来須は静かに引き金《トリガー》を引いた。閃光、そして上空で爆発。「二機めが来るぞ！　各自、遮蔽物《しゃへいぶつ》を探して待避だ」若宮は叫ぶと、四丁の十二・七ミリ機銃の引き金を引きっぱなしにした。レーザーライフルはチャージまで十二秒の時間を要する。それまでは弾幕《だんまく》を張って、敵の射撃を邪魔しなければならない。

どん、どん、と鈍《にぶ》い音がしてトラックの荷台に機関砲弾が突き刺さった。若宮は移動しながら、射撃を続ける。と、その時、来須のレーザーライフルのビームが再び敵を貫《つらぬ》いた。爆発。破片が降り注《そそ》ぎ、きたかぜゾンビは落下してゆく。全員がその場に伏《ふ》せた。

「損害は？」

若宮が叫ぶと、「全員無事です」と即座《そくざ》に返事が返ってきた。

「二号車は？」

来須の声に若宮は我《われ》に返った。エンジン部、燃料タンクには被弾《ひだん》していない。エンジンをかけさせ、若宮は安堵の息をついた。荷台は二〇ミリ砲弾で穴だらけだがなんとかなる。

「無事だ」

「行軍《こうぐん》を再開する」来須のそっけない声が響く。

「来須よ、こんなところにまできたかぜゾンビが襲ってきたということは……」若宮は言いかけて、口をつぐんだ。助手席には島村が乗り込んでいる。

「国道を使った連中は大変なめに遭っているぜ」

トラックの類が戦闘ヘリの空襲を受ければひとたまりもないだろう。若宮の言葉を引き取って、岩本十翼長が口をはさんできた。

「にしてもあんたらは戦闘慣れしているな。レーザーライフルの狙撃手《スナイパー》までいるしな。俺はあんな見事な射撃、見たことないぜ」

「馬鹿野郎。おまえも射撃手なら弾幕を張らんか！」

若宮が一喝《いっかつ》すると、岩本は黙り込んだ。古参てやつも善《よ》し悪《あ》しだ。自分が生き残ることだけ考えてやがる。

「聞こえますか？　こちら久石クリニック。臨時野戦病院です」

一号車の無線機から声が流れてきた。若宮と岩本は、あちゃーという顔で顔を見合わせたが、島村がすばやく無線機に応えていた。

「あ、はい。こちら3077独立混成小隊です」

島村のやさしげな声が周辺に響き渡った。

阿蘇特別戦区・草千里付近　〇五二五

くそ、俺ってやつは、と橋爪《はしづめ》十翼長はきりきりと歯を噛《か》み鳴らした。またかよ。また、生き残っちまったのかよと、塹壕の中、戦友の死体に紛《まぎ》れて、朝の光を迎えていた。

昨晩《さくばん》の夜襲では、殺しても殺しても、やつらは殺到して、陣地の中にあふれ返った。知り合って間もない戦友が隣でシャベルを振り回して応戦したところまでは覚えている。それから、頭の上にがつんと衝撃があって、橋爪は気を失った。

気がつくと、空は白々と明け、風景は真《ま》っ赤《か》に染まっていた。水筒《すいとう》の水で目をぬぐうと、頭の上がぬるりと濡れていた。ははぁ、頑丈《がんじょう》な頭蓋骨をくれたDNAに感謝ってやつだなと思いながら、目を皿にして生き残りを捜《さが》した。

誰ひとりとして動く者はなかった。空は青く澄み渡り、草千里《くさせんり》ケ浜《がはま》の草原は微風《そよかぜ》を受けてさやさやと揺らぐ。静かだった。むっとする新緑のにおいと血のにおいを鼻腔に嗅《か》ぎ取って、隊の全滅《ぜんめつ》を確信した。

はるかかなたを跳ねるようにして移動するゴブリンの大群が目に映った。傍《かたわ》らの九四式小隊機銃を手にして死ぬまで撃ち続けてやろうと思ったが、舌打ちするだけに留《とど》めた。無意味だ。

配属されてからわずかに二日。

こんなめに遭うほど俺はそんな悪いことをやったのかと、橋爪は深々とため息をついた。

最後はいつも部隊全滅。これまでに配属された部隊は三つ。ことごとく、過酷《かこく》な消耗戦《しょうもうせん》の中ですり減っていった。賽《さい》の目で1が出続けるように、そのたびに自分は生き残ってきた。幸《さいわ》いなことに怪我《けが》はしていないようだ。ただ頭だけがぬるぬるとして、血がひっきりなしに額《ひたい》を流れる。橋爪は身を起こすと、折り重なって倒れている味方の死体を探った。衛生《えいせい》キットを取り出し、傷口に血止めパウダーを塗り込んだ。

ちっくしょう。半端《はんぱ》な傷だぜ。そう毒づくと、橋爪はあたりを見渡した。生体ミサイルの強《きょう》酸《さん》で高射機関砲は溶けかかっている。何体かの遺体は強酸で無惨《むざん》にも燃え上がって、ほとんど炭化《たんか》してしまっている。

前はゲロ吐いたもんだがな、と橋爪は憂鬱《ゆううつ》な思いで視線を移した。

ふと伝令《でんれい》用のオフロードバイクが視界に飛び込んできた。

はじめてこの小隊に配属された時、「おお、いいもん持ってるじゃん」と羨《うらや》ましく思ったものだ。バイクを起こしてまたがってみる。燃料は、まだオッケー。

おそるおそるエンジンを吹かしてみる。エンジンは一発でかかった。

ちっくしょう、まだ運があるじゃん。

250ccのバイクを駆って、橋爪は後方へと走り出した。

どっちみち国道は大変なことになっているだろう。比較的静かな山道を迂回《うかい》して、それから熊本市内へ入ろうと思った。あとは適当な部隊に紛れ込んで、運が良ければ本州へ移送される可能性だってある。

近頃じゃ、しきりに部隊が本州へ引き上げているって噂《うわさ》だ。自衛軍の精鋭は、ほとんどが移動を完了したって話だもんな。学兵だって、練度《れんど》の高い隊ほど大事にされるから、もしかしたらそんな隊に紛れ込んで、自然休戦期前に本土《ほんど》へ上陸できるかもしれねえ。

戦いはもうごめんだった。

除隊したら、純粋混じりっけなしの有機《ゆうき》農業ってやつをやって、トマトなんかつくって平和に生きるのだ。これだけ戦ったんだから、もう誰にも後ろ指はさせねえぞ。

橋爪は風を感じながら、閑散《かんさん》とした県道を走り続けた。

うん、戦場を離れれば景色は平和なもんだよな、と橋爪はほんの少し救いを覚えた。白い車線が延々と続き、時折、軍用トラックとすれ違うが、無視を決め込む。

喉《のど》の渇《かわ》きを覚えて、バイクを止めた。

周辺は閑散とした田園である。というか、民間人の疎開《そかい》が進んでいる昨今《さっこん》、目にするのはそんな無人の風景だけだ。

あたりを見渡すと、遠くに白い建物が目に入った。県道からはずれた丘の麓《ふもと》に建てられている。傍《かたわ》らの看板に目を留めると、「久石クリニック」と書かれてあった。

病院か。橋爪は迷ったあげく、病院への坂を登った。バイクを停《と》め、三階建て鉄筋《てっきん》ビルの病院の扉《とびら》を開けて、すぐに後悔《こうかい》した。

血と膿《うみ》と消毒液《しょうどくえき》のにおいが鼻腔に飛び込んできて、白衣《はくい》を着た軍医やら看護《かんご》兵《へい》やらがせわしなく行き来している。受付には人気《ひとけ》はなく、橋爪はぼんやりとロビーに立ち尽くした。

「そこの」

女の声がした。橋爪はぼんやりと立ち尽くしたまま、白衣の女性が近づいてくるのを待った。

「頭を怪我しているな。ちょっとこちらへ来い」

白衣を着た女性の軍医《ぐんい》──中尉《ちゅうい》が、気難しげにこちらを見ている。二十代後半くらいの、こわい顔をした女だ。髪は無造作にひっつめている。気の滅入《めい》ることに、こわくて不機嫌な顔をした美人とはいるもんだ、と橋爪は薄ぼんやりと思った。

「あ、俺はただ水が飲みたくて」

「バーカ、その傷を放っておくと、虫が卵を産みつけるぞ。脳味噌《のうみそ》に虫がわくってやつさ」軍医は意地悪そうに笑うと、橋爪の顔をのぞき込んだ。

「ま、まじかよ？」橋爪はぎょっとして、頭の傷に手をやった。

「そうなりたくなけりゃとっとと来い。そんな傷、消毒して十針も縫《ぬ》えばすぐに治る」軍医は橋爪を一室に連れ込むと、すばやく髪の毛をそり落とし、丹念《たんねん》に傷口を洗った。

「痛《いて》え！」

「馬鹿、痛いのはこれからだ。ほーれ、ほれ」

傷口に消毒液を流し込まれ、橋爪はうなった。次《つ》いでぐさりと何かが頭の皮に突き刺さる。

「ちっくしょう。麻酔《ますい》とかねえのか？」

「おまえごときに貴重な麻酔を使ってたまるか」

橋爪は歯を食いしばって、軍医の縫合《ほうごう》に耐えた。こいつ、絶対サディストだぜと内心で毒づきながら、脱脂綿《だっしめん》が当てられ、ピピッと絆創膏《ばんそうこう》が貼りつけられる音を聞いた。頭にネットを被《かぶ》せられ、「ほいオッケーだ」と肩をたたかれた。

「おまえ、骨格は日本人の標準で大したことはないが、頭蓋骨だけは立派だな」

「そりゃどうも……」

俺は水が飲みたいだけなんだ、と橋爪がふらりと部屋を出ようとすると、軍医は「こらこら」と呼び止めた。

「おまえ、現役《げんえき》の兵だろう?」

「一応」

「ここ二、三日ほどで十人の負傷兵《ふしょうへい》が運び込まれた。いったいどうなっているんだ?」

どうなっているんだと尋ねられて、橋爪は軍医をにらみつけた。軍医も不機嫌《ふきげん》な顔をいっそう不機嫌にしてにらみ返す。

「俺の隊は八時間前に全滅した。生き残りは俺ひとりさ」

「そうか」

「なあ、軍医殿《どの》は何も聞いてねえのか? ここしばらく、敵の攻撃が激しくなっているんだ。俺の勘《かん》じゃ、ここにもじきに敵がやってくるぜ。避難《ひなん》した方がよくねえか?」

うーむと軍医は腕組みして考え込んだ。まったく女らしくない仕草だった。

「そう言われても困るな。動かせんやつもいる」

「阿蘇戦区を支え切れなくなっているらしい。なあ、ここには無線機とか、ねえのか？」

「あることはあるが、戦況を考えているほどヒマじゃないんだ。負傷兵を運び込みます、よろしくってなもんさ。こちらは自分たちにできることを説明してやって、重傷の兵には市内の大病院を紹介するだけさ」

軍医は少々投げやりに言った。

「わたしはこの病院の看板娘《かんばんむすめ》ってやつでな、病院が戦場に近いことから何故か軍医にされた。清く正しい民間人だよ」

看板娘って誰のことだよ、と毒づきながら、橋爪は無線機の場所を尋ねた。ああ、院長室だよと案内された部屋は書類の山に埋《うず》もれ、何故か骸骨《がいこつ》の標本が置いてあった。この女、よほど骸骨が好きらしく、机の上には骸骨の灰皿が置かれてあり、橋爪の気を滅入らせた。

こういうシチュエーションってさ、普通、可愛《かわい》くて健気《けなげ》な看護婦さんと知り合って、「お願い、助けて。怪我人がいるの」とか見つめられ、彼女のためにひと肌脱ぐとかなんとかそういうんじゃねえのかと、橋爪は愛想《あいそう》のかけらもない年増《としま》の軍医の顔をちらちらと見た。

「うん？　なんだ？」

「無線機、ちょっと借りるぜ」橋爪は表面にうっすらと埃を被った無線機を調べはじめた。

案《あん》の定《じょう》、周波数は固定されている。軍医は戦況などには興味がないようだった。橋爪はチャンネルをひねりながら、さまざまな通信を傍受《ぼうじゅ》した。

「戦況についてだけどな……」と言いかけたところに、錠剤《じょうざい》と水が差し出された。

「抗生物質《こうせいぶっしつ》だ。飲んでおけ」

「……結論から言えばな、全線にわたって味方は撤退している。自然休戦期《しぜんきゅうせんき》まで持ちこたえられなかった。ひでぇ負《ま》け戦《いくさ》だ。敵は国道沿いに二方向から進んで、阿蘇戦区の全軍を包囲《ほうい》しようとしている。ここいらはど田舎《いなか》で戦場からははずれているが、ぐずぐずしていると危ないぜ」

自称・看板娘は、むすっとした顔で腕組みをした。

「どうしろって？　ここから逃げろとでもいうのか？　動かせない患者《かんじゃ》もいると言ったろう」

「じゃあ、軍医殿はどうしたいんだ？」

尋ねてから橋爪は後悔した。黙って背を向け、とっととバイクで逃げちまうことだってできる。傷病兵なんて究極《きゅうきょく》の厄介者《やっかいもの》だ。

「わたしは……残るまでさ。最後の患者を看取《みと》ってから、あとのことは考えるよ」

軍医はつぶやくように言った。

その言葉に何故か、橋爪はかっとなった。

「待てよ。じゃあ、他の負傷兵も道連れかよ！　あんたが残るのは勝手だけどよ」

「そのためにおまえが来たんだろう。他の連中を連れていってやってくれ」

こ、この女、すげぇ世間知らずだぜ！

こんな人の命が軽いご時世《じせい》、戦場近くのちっぽけな病院なんか誰も気にかけないだろう。しかし、橋爪は別の言葉をしゃべっていた。

「全部で何人いるんだ、ここ？」

「わたしと軍医がもうひとり。看護兵が三人。入院している患者は二十名だ。このうち三人は重傷を負《お》っていて動かせば死ぬ」

「……動かさなくても死ぬんだろう？」

軍医は黙ったままだった。無造作《むぞうさ》にひっつめた髪から一本二本、つんつんと髪の毛が飛び出している。不機嫌女。

――111から久石を経て28号にルートを取る
不意にむっつりした男の声が耳に飛び込んできた。橋爪は、お、という顔で周波数を固定、一連のやりとりに聞き入った。やがて聞き慣れた女の声が飛び込んできた。こちらもむすっとして愛想のかけらもない。どこかで聞いたような声だった。

「へっへっへ」橋爪は、にんまりと笑った。軍医は怪訝《けげん》な顔で橋爪の顔を見た。

「脳味噌に細菌《さいきん》でも入ったか？　消毒は完璧《かんぺき》のはずだが」

「そうじゃねえ。どこかで聞いた声と思ったら、あいつら、正義の味方の5121小隊だ。頼まれもしねえのに、いろんなところに出しゃばって大活躍するって変わった連中だ。運が向いてきたかもしれないぜ」

そう言うと橋爪は、無線機を取って「聞こえますか」と話しだした。

「こちら久石クリニック、臨時野戦病院です。聞こえていたら返事をよろしく」

橋爪も軍医も真剣な面もちで無線機からの通信を待った。やがて、やさしげな女の声が耳に飛び込んできた。

——はい、こちら3077独立混成小隊です
ん、なんなんだ？　どうして3077とやらが無線機に割り込んでくるんだ？　しかし、すぐにはじめのむっつりとした男の声に代わった。

——そちらの人数は？

「重傷者を含めて約三十名。軍医ふたりに、あとは傷病兵《しょうびょうへい》ばかりだ」

いつのまにか橋爪は地を剝《む》き出しにしてしゃべっていた。

——俺たちは久石経由で菊陽に向かうところだ。途中、そちらへ寄ってゆく。移動準備を整えておけ
「ああ、ちなみに俺は橋爪十翼長。病院の責任者はええと……」

「鈴原《すずはら》だ」軍医が声を潜《ひそ》めて言うと、橋爪はにんまりとうなずいた。

「鈴原中尉。クリニックは県道をほんの少し入ったところにある。看板があるからすぐにわかるよ」

——了解した
通信はぷつりと切れた。橋爪は立ち上がると、鈴原に向き直った。

「逃げるんなら今しかないぜ。大至急、軍医、看護兵に準備させてくれ」

「わたしは残ると言っただろう」

「残っても幻獣にケツを齧《かじ》られるだけだぜ」

「下品《げひん》なやつだな」

鈴原はそう言うと、院長室を出て、「これより移動する。十分後にクリニック前駐車場《ちゅうしゃじょう》に集合」と、やっと軍医らしく声を張りあげた。

ばたばたと廊下《ろうか》を慌ただしく走る音が聞こえた。橋爪の目に、赤十字《せきじゅうじ》の腕章《わんしょう》をつけた女性の学兵たちが映った。幻獣相手のこの戦争に、衛生兵の腕章もないもんだが、これは衛生兵のプライドのようなものなのだろう。

「なんだ、看護婦さん、いるじゃん」橋爪が口をとがらせると、鈴原は苦い顔になった。

「彼女らは看護婦ではない。わたしのところに回されてきた学兵だ。本来なら注射一本打つ資格がない」

橋爪とともに病室を見て回りながら、鈴原は不機嫌に言った。

「ここだ」

鈴原は二階奥の部屋の前に立った。不機嫌な顔にさらに眉間《みけん》にしわを寄せる。ドアを開けるとあどけない顔をした女子学兵が振り返った。ベッドは三床《しょう》。生命維持《せいめいいじ》のためか、機械に囲まれた部屋だ。ベッドにはチューブにつながれた兵が三人、横たわっていた。

「どうだ？」鈴原は尋ねると、学兵の少女は、「ええ」と応《こた》えた。

「城島《じょうしま》さん、少しだけ意識を取り戻して、『帰りたい』って」

「重度《じゅうど》の火傷《やけど》を負った患者だ。父が形成外科の専門でな。それでこんなちっぽけな病院だが大げさな設備がある」

「ああ……」橋爪は薄ぼんやりとうなずいた。

病室にはなんとも言えぬにおいが漂っている。薬と消毒液と膿のにおい、それよりもっと根元的な人間の皮膚《ひふ》のにおいがした。

「俺だって散々《さんざん》見てきたさ。生体ミサイルの強酸を浴《あ》びると、なまじっかなウォードレスを突き破って人間が燃える」

押し殺したような橋爪の声に、看護の少女はすくみ上がった。

「だからわたしは残る。彼らは動かせんだろう。一分でも一秒でも延命《えんめい》させてやるのが医者の仕事だからな。飯島《いいじま》、こいつと一緒に病院を出ろ」

「え、何かあったんですか？」
十五、六歳というところだろう、飯島と呼ばれた学兵はとまどいの表情を浮かべた。なるほど、兵というよりは病院勤務が似合っている。白衣をまとった看護婦姿を想像して、橋爪は馬鹿めこんな時にと自分を罵《ののし》った。
「じきに敵が攻めてくるらしい。おまえはこの病院からはさよならだ」

そう言われて飯島と呼ばれた学兵は、肩を落とした。

「そんなの嫌《いや》です。せっかく城島さん、しゃべってくれたのに」

あのなあ、そういう問題じゃねえだろ。

橋爪は、あきれたように少女を見た。

「じきに幻獣がやってくるんだ」

橋爪は静かに切り出した。

「テレビで見たことがあるだろう。やつらに取っ捕まったらおしまいだ。ばらばら死体にされちまうぞ。考える余地なんてねえんだ」

飯島は怯《おび》えた表情を浮かべた。

「わたしが残るから、飯島はこいつと一緒に逃げろ」

鈴原は、怯え縮《ちぢ》こまる小柄な飯島の肩に手をかけ、やさしく言った。

なんだよ、俺の時とずいぶん態度が違うじゃねえか。

橋爪は憮然《ぶぜん》となった。が、問題は解決していない。

「軍医殿も一緒に逃げるんだ。こんなところで言うのもなんだが、あきらめろ。動けねえやつは置いてゆくしかねえだろ」

そう言いながら橋爪は腕を伸ばして飯島の手をつかんだ。飯島を引きずるようにして、ドアの外に押し出す。

「待って、待ってください！」ドアをたたく飯島を、「うるせえ！　とっとと玄関前にゆけ」と一喝してから、橋爪は鈴原に向き直った。

「……さて、どちらが引導《いんどう》を渡す？」

橋爪は腰の拳銃《けんじゅう》を確認した。心の中は悔《くや》しい思いでいっぱいだった。なんだってこんな状況に首を突っ込まなきゃならない？　軍医の勝手にさせておくのも手かもしれねえ。

「おまえには関係ないことだ。わたしは残る」

突如《とつじょ》として、機銃音が聞こえた。九四式よりはるかに重くて籠《こ》もった音だ。建物がビリビリと揺れて、橋爪は鈴原を放《ほう》って外へと飛び出した。

飯島が階段を駆け上ってきた。

「敵が襲ってきて、それで……！」

橋爪は駆け出すと、玄関脇に立てかけてあった九四式をひっさげて表へと出た。茫然《ぼうぜん》と立ち尽くす病院関係者の目の前、二十メートルほどのところで数匹のゴブリンリーダーが地に伏し、消滅しつつあるところだった。

「まったく、あと数秒って差だったな」

敵からさらに十メートルほど離れたところに二台のトラックが停車していた。一台のトラックの荷台から野太《のぶと》い声が聞こえた。レアで強力な重ウォードレス・可憐を着込んだ兵が、四本腕に装着した十二・七ミリ機銃の銃口から煙を吐き出しながら言った。

「責任者はおまえか？　この間抜《まぬ》け」

四本腕は、にやりと橋爪に笑いかけた。

橋爪は惚けたような顔で、危機一髪《ききいっぱつ》の状況を反芻《はんすう》していた。

「お、俺はただ水を飲みに立ち寄っただけで……」

「こういう状況に巻き込まれてしまった、と。つくづく因果《いんが》なやつだな、水俣《みなまた》の」

水俣の、と言われて橋爪は記憶を探るような顔になった。とっくに全滅し、解散した水俣0

82小隊を知っている？　待てよ、こいつは確か5121小隊の戦車随伴歩兵だ。二カ月前、敵中に孤立した小学校の生徒を救出する作戦で一緒になったことがある。

「おまえ、5121の」

「若宮だ。とっとと患者を車に乗せろ。収まり切らないやつらはこちらに乗車」

別のトラックのドアが開かれ、最新式の武尊に身を包んだ戦車随伴歩兵が姿を現した。そこそこ愛想のある四本腕の若宮と違って、こちらはにこりともせず、橋爪を見つめた。武尊にレーザーライフルかよ、なんてまあ贅沢《ぜいたく》なやつだ。

脈絡《みゃくらく》もないことを思っていると、相手はぼそりと口を開いた。

「来須だ。一分以内に全員を乗車させろ」

「け、けど、実は面倒なことが。軍医がここに残る、重傷者を最期《さいご》まで看取るっていうんだ」

来須と名乗った百翼長は、「案内しろ」と言って病院内に消えた。橋爪は、若宮を見上げると「連中を頼む」と言ってから来須のあとを追った。

病室のドアを開けると、鈴原は黙ってこちらを見ただけだった。

「敵に襲われたところを助けられた。なあ、軍医殿、これ以上意地を張ってもしょうがねえよ」

鈴原は腕組みして「ふん」と笑った。

「生き死にの問題を決めるのは自分自身だ。よけいな世話を焼くな」

「あんた……どうして死に急ぐ？」

鈴原が答えようとした時、来須が橋爪を押しのけて、ぬっと姿を現した。

「ふん、見事な骨格だ。あいにく本日は休診《きゅうしん》だが。こら、何をする……！」

来須は橋爪にレーザーライフルを預けると、鈴原を抱きかかえた。そのままあがき、罵る鈴原を相手にせず、外へと連れ出した。

若宮のいる荷台へ乗せると、「この軍医を拘束《こうそく》せよ」と若宮に言った。若宮が合図をすると、学兵がわっと群《むら》がって鈴原を拘束した。

「こら、なんの権利があってわたしを拘束する？」

「軍医は貴重ですからな。もうひとりの軍医殿にお願いして、医薬品は持てる限り積み出しました」

「出発だ」

来須の低い声が響き、橋爪は来須にレーザーライフルを放ると、自らはバイクに乗り込んだ。二号車に併走《へいそう》しながら、橋爪は暴れる鈴原を見守った。

「なあ、水俣の」若宮が陽気に話しかけてきた。

「俺は橋爪ってんだ。それに水俣の小隊はとっくになくなったよ。今は流れ流れて、ひとりきりの気楽な身分だ」

「阿蘇の戦線から逃げてきたのか？」

若宮の顔に、疑念《ぎねん》の色が浮かんだ。

ちまった」

「見損《みそこ》なうな。座標1128、草千里の塹壕陣地だ。部隊は化工《かこう》402。昨夜の戦闘でやられちまった」

　橋爪は若宮たちの陣地から三キロほど東に位置する陣地の名を挙げた。

「へぇえ、化工もやられちまったか。一緒に作戦をやったことがあるが、いい部隊だった」

　菊池27と書かれた部隊章をつけた髭面《ひげづら》の兵がのんびりと口をはさんできた。肩に磨き抜かれた九四式を担《かつ》いでいる。俺と同じ銃手《じゅうしゅ》だな、と橋爪は思った。

「離せ！　わたしはおまえたちの上長だぞ」

　再び鈴原の声。学兵たちに押さえられ、鈴原は怒《いか》りに燃えた目で若宮をにらみつけた。

「申し訳ありません、中尉殿。しかし、中尉殿には我々に命令を発する権限はありません。スタッフはラインとでは命令系統が違いますから」

　これまでの口調とは違って、若宮は生《き》まじめに応じた。なるほど、そうだったよなぁ、と橋爪はおのれの迂闊《うかつ》さを恥じた。病院から軍医などのスタッフを避難させるのは純粋《じゅんすい》な戦闘行為だ。である以上、ラインである自分が有無《うむ》を言わせず指揮を執るべきだった。

　助手席から学兵が顔を出した。

「若宮先輩、前方約一キロの地点・河陰《かいん》集落に、敵部隊がいるそうです。5121小隊の瀬戸口百翼長からの通信ですが、ミノタウロス三、ナーガ三、ゴブリンリーダーないしゴブリンの数は知れず、とのことです」

「一難《いちなん》去ってまた一難というわけか」

若宮はひとりごちると、「来須の指示を待て」と言った。

しばらくして、先頭を走る一号車が停止した。続いて二号車、救急用のトラック、軽トラックが路上に停止する。来須は島村とともに姿を現すと、

「俺と若宮が偵察《ていさつ》に行く」

そう言いながら、来須は橋爪に無表情な視線を送った。

「三十分待て。それまではおまえに指揮を任せる」

「け、けど……」

俺は十翼長なんすけど、と言いかけたが、心細げな島村の様子を見て口をつぐんだ。

なるほど。こいつら、ミノ助《すけ》をまず片づける気だな。

小型幻獣だけなら、俺と、あと菊池27の兵が加わればなんとかなる。なんせ九四式機銃じゃミノ助には歯が立たないからなあ、と橋爪は納得した。

「なあ、本当に大丈夫か？　車を飛ばせば逃げ切れるかもしれんぞ」

来須は、ちらと橋爪を見た。若宮が、にやりとどう猛《もう》に笑った。

「まあ、煤払《すすはら》いってやつだ。お利口《りこう》さんにして待っていろ」

そう言うと、ふたつの巨体は道路脇に下り、鬱蒼《うっそう》と茂った藪《やぶ》の中へ消えた。

ふたつの影が藪をかき分けて走る。

抜き、倒してゆく。

途中、数匹のゴブリンと出合ったが、どちらも通《とお》り魔《ま》のように無言で超硬度カトラスを引き

ほどなく集落をのぞむ崖《がけ》上に出ると、二十メートルほど下の眼下《がんか》に三体のミノタウロスが待機しているのが見えた。全長八メートル。二足歩行で前脚を打突《だとつ》武器として使用し、生体ミサイルを放つ。士魂号、あるいは戦車でなければ仕留めることは難しい厄介な敵だった。まわりにはナーガが長い体をくねらせてうごめいている。県道は完全に押さえられていた。来須は無言で、射撃位置へと移動した。

若宮も来須と離れて、機銃掃射に格好《かっこう》の位置へと移動する。これで十字砲火の準備は整った。若宮が準備完了の合図をすると、来須も手を挙げて了解《りようかい》の旨《むね》を伝える。

レーザーライフルに装着《そうちゃく》された四菱《よつびし》製八倍スコープにミノタウロスの姿がとらえられた。狙いどころは生体ミサイルが蓄《たくわ》えられた腹部の一点だ。無造作に引き金を引くと、ミノタウロスは爆発し、四散《しさん》した。それを合図に若宮の四丁の十二・七ミリ機銃が吠《ほ》える。ナーガのムカデのような長大《ちょうだい》な体がずたずたに引き裂かれ、体液を発しながら地面へと横たわる。ゴブリンら小型幻獣の動きが活発になった。それでも機銃は容赦《ようしゃ》なく火を噴き続け、敵を原形を留めぬまでに切り裂いてゆく。「肉切り包丁《ぼうちょう》」と呼ばれた十二・七ミリ機銃である。たえまない射撃に敵はこちらの位置を見つけられないでいるようだ。

レーザーライフルが再チャージされ、来須は二匹目を血祭《ちまつ》りに上げた。

三体目のミノタウロスの腹が開こうとしていた。どうやら来須の位置が判明したようだ。来

須は夜行性《やこうせい》の猛禽《もうきん》のように藪を駆けた。

爆発。そして強酸が付近の木々に降り注ぎ、ほどなく丘は火に包まれる。

巻き上がる炎をかなたに見ながら来須は身を起こすと、新たな狙撃《そげき》地点を瞬時《しゅんじ》にして探す。

若宮も同時に新たな射撃位置に移動している。

あと一匹。

来須と若宮は一瞬、視線を合わせると指を一本突き立てた。

元の来須の位置に、ゴブリン、ゴブリンリーダーなどの小型幻獣が殺到してきた。若宮はあらかじめそれを予期して、再び十二・七ミリの機銃弾をたたき込む。

再チャージ完了。熱風《ねっぷう》を感じながらも来須は冷静にミノタウロスに狙いを定めた。ミノタウロスの腹が痙攣《けいれん》し、生体ミサイルが吐き出されようとしていた。

レーザー光は一直線にミノタウロスの腹を貫いた。爆発。轟音《ごうおん》が起こって、あたりの幻獣を巻き込んでミノタウロスの肉体は吹き飛んだ。

「撤収」

来須が短く叫ぶと、若宮の可憐はその巨体には似合わぬすばやさで藪を走った。来須もすべるように藪をかき分け、走る。あとは雑魚《ざこ》ばかりだ。島村の小隊でも十分に対応できるだろう。

「おおい、菊池の、後方を警戒してくれ」

最前列のトラック上から橋爪が呼びかけると、髭面の十翼長は「おう」とうなずいてみせた。

判断に迷うところだったが、患者を車上に載《の》せたまま、橋爪は島村の小隊に警戒態勢を取らせていた。かなたで轟音が聞こえ、重たげな機銃音が虚空《こくう》にこだました。

はじめやがった。まったくとんでもねえ連中《れんちゅう》だぜ。

橋爪ははるか遠方の空を見上げた。機銃の先端につけた二脚を引き出すと、トラックの屋根に固定した。

鈴原……ひっつめ女は何故か、橋爪の側で不機嫌に座り込んでいる。ぱっぱっとかなたの空に閃光が走った。

「わたしは残りたかった」

ひっつめ女は憤《いきどお》りを含んだ目で橋爪を見上げた。

「自殺願望とかじゃねえよな？　軍医殿は」

前方を鋭く凝視《ぎょうし》したまま、橋爪は言った。前方はほぼ真っすぐに県道が通って、水も張られず枯《か》れた田が道路の両脇に広がっている。はるか向こうで道はいったん坂道となって、丘陵《きゅうりょう》に生い茂る藪に隠れている。閑散《かんさん》とした光景だった。

「三代目なんだ」

鈴原は静かに言った。

「父は八代《やつしろ》で戦死した。兄も二カ月前に。わたしはこれでも小児科医《しょうにか》なんだぞ。それなのに徴用《ちょうよう》されて三代目の軍医……中尉待遇《たいぐう》で自衛軍の軍医ということになった」

「……そりゃあ、大変だったな」

「ふん」鈴原は鼻を鳴らして笑った。

「実はわたしにも婚約者《こんやくしゃ》というやつがいてな。……いなくなってしまったよ。ま、急ごしらえの三代目だけどな」

きつい話だな。ほんの一、二年で立て続けだ。この女の不機嫌な理由がわかったような気がした。

「だからいつ死んでもかまわない。面倒を見た患者と死ぬなら、それでいいと思った」

なあ、俺みたいな餓鬼《がき》にそんな話するなよ、と橋爪は唇を噛《か》んだ。俺はまだ十七だ。死んでもかまわないなんて言うやつは、どこにもいなかった。隊の連中とは食い物と女の話ばっかりしていたしな。

「俺……」

橋爪が口を開こうとしたとたん、後方トラックの機銃が火を噴いた。百体余りのゴブリンが散開して跳《は》ねるようにして突進してくる。中にはゴブリンリーダーが点々と見える。

「敵襲っ！」

岩本が怒鳴った。

後方からかよ。

橋爪は、ちっと舌打ちをすると、トラックを降り、岩本の射界をカバー、十字砲火を形成するように弾幕を張った。３０７７小隊の兵も荷台から、さらには散開した藪の中から応戦する。この手の小隊にしては贅沢な高射機関砲が、一体のゴブリンリーダーを吹き飛ばした。ゴブリンリーダーの放つトマホークが兵のひとりを切り裂いた。

悲鳴が聞こえ、兵は倒れる。ちっくしょう。橋爪は芸術的ともいえる射撃で、ゴブリンを次次と倒してゆく。半分以下に討ち減らされたゴブリンが、後方のトラックに肉薄《にくはく》した。

「ちくしょう！」

罵声《ばせい》が聞こえて、機銃を捨てた岩本が超硬度カトラスを振りかざす姿が映った。菊池の兵も同様に車上での白兵《はくへい》戦闘に突入する。橋爪は駆けると、狙いを定め、車上の敵を一体ずつ撃ち減らす。

藪の中から悲鳴が聞こえた。続いて銃声。頼りない連中だが、なんとか持ちこたえている。ふと気づくと一体のゴブリンがこちらに向かって跳躍《ちょうやく》したところだった。機銃を腰だめにして撃つ。身長わずか一メートルのゴブリンは吹き飛んだ。敵の体液がピッと頬《ほお》に張りつく。

「軍医殿、無事かっ！」

橋爪は何故かひっつめ女に声をかけていた。「大丈夫《だいじょうぶ》だ」ややあって声が聞こえた。橋爪はうなずくと、鬼《おに》のような形相《ぎょうそう》で、機銃を腰だめにし、移動しながら、車両群に接近する敵を倒し続けた。

どん、どん、と「肉切り包丁」の重たげな機銃音が聞こえた。何が起こったのか、ゴブリンリーダーの頭部が突如《とつじょ》として破裂した。レーザーライフル！　橋爪は、ほっとした思いで、背を見せて逃げてゆく敵に機銃掃射を浴《あ》びせた。

敵はほぼ全滅。味方は戦死七、負傷三。負傷した兵が戦友に支えられ、持ち場であった藪の中から出てきた。戦闘員の戦死は一名。残りはトラックに収容された患者たちだった。くそ、くそ、くそ。自分を責めながら橋爪はふたりの凄腕《すごうで》に近づいていった。

「こいつは……」

若宮は険《けわ》しい表情で、周辺の惨状《さんじょう》を見渡した。幸いなことに車両は無事だが、道路脇に横たえられた死体に目を留めた。

「すまん」

橋爪が謝罪《しゃざい》すると、若宮はゆっくりと首を横に振った。

「よく撃退したな。あいつらだけじゃ今頃、全滅していたろう」

「どこにでも敵はいるってことだな。俺は油断していたよ」

「そう言うな。ゴブリンはどこにでも出没《しゅつぼつ》する。そんなことより、先へ進まんとな」

若宮はちらと来須を見た。来須は、トラックの無線機で5121小隊に連絡を取っていた。

傍らには島村が心細げに立ちすくんでいた。

「なあ、あの女、なんなんだ？　戦いの最中も運転席で突っ伏《つぷ》していたぜ」

橋爪が尋ねると、若宮は苦笑を浮かべた。

「まあ、気にするな」

「んなこと言ってもよ……」あれで小隊長なんか、と文句を言おうとして遮られた。

「先月の二十四日、熊本城攻防戦の当日に編制された部隊だ。島村さんは事務官でな、書類上のミスで小隊長にされちまった。俺たちとはちょっとした縁《えん》で知り合ったってわけだ」

「めちゃくちゃじゃねえか」

橋爪がため息をつくと、若宮はにやりと笑った。

「俺たちが今、ここでこんなことをしている。そのこと自体がめちゃくちゃだろう」

「そうだな」

橋爪はあっさりとうなずいた。そりゃそうだな。別に入りたくて軍隊に入ったわけじゃない。クラスごと徴兵《ちょうへい》されて、気がついたらたったひとりになっていた。隊から隊へと転々として、今こんなところにいる。

俺ってなんなんだ？

自問することはあるが、答えは至極明快《しごくめいかい》。消耗品。

「おまえ、ずいぶん苦労したらしいな」

橋爪の無感動な様子を見て、若宮は笑いを残したまま言った。

「苦労って言われてもな。困る」

橋爪は苦笑した。自分を哀《あわ》れんだことはなかった。過去の戦歴《せんれき》について語るのも無意味だし、今はここにいる連中と逃げ延びることだけだ。

「死者は八人に増えた」

ふたりが振り向くと、鈴原が不機嫌につぶやいた。

「災難《さいなん》でしたな、軍医殿。自分は5121小隊の若宮十翼長であります」

若宮は元自衛軍出身らしく、礼儀《れいぎ》正しく自己紹介《じこしょうかい》をした。鈴原は軽くうなずくと、

「よろしく頼む」と挨拶を返した。

なんだよ、まともに挨拶できるじゃんと橋爪は鈴原に視線を移した。白衣がゴブリンの体液でしみだらけになっている。

「時に、そちらの病院にはなんの指令もなかったのですか？」

「なかったよ。普段通り仕事をしていたら、頑丈《がんじょう》な頭蓋骨を持ったこの生意気な坊やが飛び込んできた」

「頑丈で悪かったな」橋爪は不機嫌に言った。

「若宮、出発だ。これから河陰を経て、28号線を行く。一番機と三番機が戦線を突破、小森《こもり》付近で合流することになりそうだ」

来須が声をかけてきた。

「山間《やまあい》の道を進む。警戒を怠《おこた》るな」

ああ、と若宮はうなずくと、島村に代わって全員に号令をかけた。

「全員乗車」

「行こうぜ、先生」

橋爪は鈴原をうながすと、自らはバイクに乗り込んだ。

西合志地区・県道３７号線上　〇七三〇

こんなものかと芝村舞は思った。

熊本市街にほど近い合志地区に浸透してきた中型幻獣と小型幻獣を掃討した直後だった。戦いはわずか十五分で片がついた。それにしても――５１２１小隊が出撃するまでもないが。

舞はほの暗いコックピットの中で考え込んだ。

「なんだかあっけない戦いだったね」

前部操縦席から速水《はやみ》厚志《あつし》の声が聞こえた。何かを危《あや》ぶんでいるような、そんな声。ふむ、厚志め、相変わらず勘が働く。舞はきゅっと口の端《は》を吊り上げた。

人型戦車・士魂号複座型《しこんごうふくざがた》に神経接続された舞の網膜《もうまく》には、炎上している戦車が一台、映っていた。それと消えつつある無数の小型幻獣。たった一匹だけいた中型幻獣ミノタウロスは、二番機のジャイアントバズーカによって仕留められていた。

善行と原の出張後、総軍司令部から出動命令が出された戦線だった。友軍《ゆうぐん》にもほとんど損害はなく、ただ物珍しげに士魂号を眺める兵士だけが目立った。

ふん、と舞は鼻を鳴らした。我らは温存《おんぞん》されているのだろう。適当に楽な戦線を転戦させたのち、数日後に迫った自然休戦期に逃げ込ませるつもりだ。人類と幻獣は五十年もの間、戦争状態にあるが、何故か敵は五月十日になるとピタリと攻撃をやめてしまう。とはいえ、人類側にそれに乗じて攻勢に出る余力《よりょく》はなく、消耗した戦力を回復することで精一杯だった。我らは増設される人型戦車部隊の核《かく》とされ、来年の戦いへの備えとされるだろう。自衛軍に初の人型戦車小隊が設立されたりと、これまでにもその動きはあった。

「しかしな」

舞は知らずつぶやいていた。

このまま休戦になるのだろうか？　熊本市内での幻獣共生派のテロに、司令部ビルはあっさりと爆破され、兵らの多くは単なる烏合《うごう》の衆《しゅう》に戻ってしまった。百人足らずのテロリストに対して、機能した部隊はほんのわずかで、九州総軍の弱体化を露呈《ろてい》してしまった。

熊本市内でのテロが、人類側の戦意、戦力をはかるための意図的な作戦行動であったとするなら、敵は見事に目的を達成したことになる。

「悪い予感がするのだ」

「僕もだ」

舞の言葉に厚志はすぐに反応してきた。

「ふむ。だとしたら我らはどうするべきか？　具申《ぐしん》してもかまわぬぞ、厚志」

「そんな……具申だなんて。僕はただ」

厚志が口ごもっていると、通信機から瀬戸口の声が響いた。

「さて、悪い予感が的中《てきちゅう》というわけだ。阿蘇戦区名物の『針ネズミ陣地』が悲鳴をあげている。

おそらく全滅は時間の問題だろう」

舞は周波数を阿蘇戦区のものに合わせた。とたんにコックピット内に壮絶な戦場の音が響き渡った。再びアラームが鳴って周波数が瀬戸口が設定した５１２１専用のものに代わり、瀬戸口と来須のやりとりが耳に入ってきた。

「敵は戦力を温存していたんだね」

ふたりのやりとりを聞いていた厚志の言葉に、舞は「うむ」とうなずいた。徒労感《とろうかん》のようなものがにじみ出てきた。熊本城決戦であれだけ戦ったというのに、敵の戦力は無尽蔵《むじんぞう》なのか？自然休戦期を間近《まぢか》に控えた我らの油断を狙《ねら》い澄《す》ましていたのか？

瀬戸口の口から、敵に阿蘇戦区包囲の動きがあることを聞くと、舞は即座に決断した。

「聞け。そなたらとの合流地点は熊本空港に隣接する旧菊陽カントリークラブのトーチカ陣地。一四〇〇時までに合流することは可能か？」

「可能だ」

来須の無表情な声が返ってきた。


合志から菊陽・熊本空港方面へと通じる道路は混乱を極めていた。片側二車線の道路上に延延と車両群が連なって、熊本市街をめざしている。

市街、そして市近郊《きんこう》に残された陣地に配備される部隊群らしかった。ごく少数の装輪式戦車の他、軍用車両と呼べるものはなく、ほとんどが民間の車両に兵を満載している。５１２１小隊は菊陽の外郭《がいかく》陣地をめざし、反対車線を遡《さかのぼ》っていた。こちらの車線には前にも後ろにも車両らしき車両はなく、はるか前方に交通誘導《ゆうどう》小隊の検問所《けんもんじょ》が見えてきた。

「ここより先は通行止めになっています」

先頭を走る指揮車が誘導小隊の兵に阻《はば》まれた。

舞は拡声器《かくせいき》のスイッチをオンにすると、誘導小隊の兵に呼びかけた。

「どういうことだ？」

トレーラー上の複座型からの呼びかけに、誘導小隊の兵たちはすくんだように顔を見合わせた。隊長らしき女性の百翼長が進み出ると、一通の命令書をかざして見せた。

「特命《とくめい》があった隊にだけ通行を許す、と申し送りがありました。総軍司令部からのものです。ああ……５１２１さんには命令が出ていませんね。引き返してください」

「ならばどの隊に特命とやらは下されているのだ？」

舞が冷静に尋ねると、隊長は困惑《こんわく》したように立ちすくんだ。

「ええ……今のところ、どの隊にも」

指揮車のハッチが開き、瀬戸口隆之《せとぐちたかゆき》が顔を出した。にこやかに隊長に笑ってみせる。

「俺たちは極秘《ごくひ》命令を受けていてな。おそらくその申し送りのレベルには載《の》っていないのさ」

「けれど」

「ま、そういうことにしようじゃないか。ウチの隊長はそれは凶暴《きようぼう》なやつでな、あいつを使って検問を強引に押し通るぞ」

瀬戸口はトレーラー上の複座型を指さして言った。

人型戦車、士魂号は全長九メートルの巨大な兵器だ。近くで見ると相当に大きい。本能的な畏怖《いふ》を覚えたか、隊長は後ずさった。

「なあ、お嬢《じょう》さん、あそこでトラックがエンストを起こしている」

瀬戸口が指さした方向には、車線を塞《ふさ》ぐようにして停車している四トントラックがあった。後続する車両から猛烈にクラクションが鳴っている。

怒号が飛び交って、トラックに乗っている兵と後続の兵の間で、罵り合いがはじまった。

「すぐにトラックは退去してください」と誘導小隊の兵は拡声器でしきりに呼びかけているが、誰にもなすすべがなかった。

「どうしよう……」

困惑する隊長に、瀬戸口はにこっと笑いかけた。

「取引をしよう。士魂号なら、あいつを処理できる。どうだい？」

こう言われて隊長は、瀬戸口を見つめ、三機の士魂号をそれぞれ見上げた。

「本当に、そんなことできるんですか？」

「ああ、わけはない。おおい、芝村」

瀬戸口が陽気に舞の名を呼ぶと、やりとりを聞いていた舞が苦々《にがにが》しげに声を出した。

「たわけ。隊長はわたしだぞ。勝手に話を進めるでない」

と言いながらも、複座型は地響きを響かせ、路上へと降り立った。クラクションの音が一斉《いっせい》に静まり返った。

「ちょっと道を開けてくださいね。あっ、こわくはありませんから」

厚志の愛想の良い声が拡声器から聞こえた。パズルゲームの要領《ようりょう》か、軽めの車両を楽々《らくらく》と持ち上げ、反対車線へと一時待避《たいひ》させる。こうして道をつくると、道路下、一メートルほど下がった畑に降り立って、ガードレールを引き剝《は》がすと四トントラックに手をかけた。

「馬鹿野郎！　何をしやがるんだ」

四トントラックに乗っていた戦車随伴歩兵から口々に抗議の声があがるが、「すみません、けど、交通の邪魔になっていますから」と厚志はにこやかに言った。トラックが揺れ、兵たちはあわてて荷台から降り立った。

全員が見守る中、複座型はゆっくりとトラックを道から引きずり落とした。トラックは見事に畑に着地、見守っていた兵らから歓声と拍手《はくしゅ》が起こった。

「俺たちゃどうすりゃいいんだよ」

抗議の声に、今度は舞が淡々として答える。

「ヒッチハイクでもするんだな。乗員に余裕のある車両はあるだろう」

茫然と立ち尽くす兵らを残して、複座型は再び交通の流れを再開させた。

「というわけで、一件落着《いっけんらくちゃく》。ああ、よく見ると隊長さん、可愛い顔しているね、今度、食事でもどう？」瀬戸口は安堵の表情を浮かべる隊長に、にこやかに言った。

「不潔《ふけつ》ですっ！　まじめにやってくださいっ！」

二台めのトレーラーに乗っている士魂号重装甲の拡声器《かくせいき》から、壬生屋未央《みぶやみお》のきんとした声が流れる。

瀬戸口は耳を押さえると、あわててハッチを閉めた。


菊陽方面に通じる県道周辺は閑散《かんさん》としていた。

道路脇には水田《すいでん》が広がり、この季節なら水を張りはじめるところだが、そうした形跡《けいせき》はなく、田は荒れるに任されていた。

まばらに建つ建物のひとつから高射機関砲が銃身《じゅうしん》をのぞかせていた。他に人影はなく、兵らは付近に散在する雑木林《ぞうきばやし》に潜んでいるらしい。どうやら戦線後方に浸透してくる小型幻獣に対する備えのようだった。

来須たちと落ち合うトーチカ陣地まであと十分余り。舞は停車を命じると、付近の雑木林に拡声器で呼びかけた。

「我らは5121独立駆逐戦車小隊である。責任者はいるか？」

すぐにウォードレスに迷彩《めいさい》をほどこした千翼長が現れ、5121の車両群に歩み寄った。

「ありがたい。増援《ぞうえん》に来てくれたのか？」

「そうではない。これより我らは菊陽の陣地へ向かうところだ。何か情報はあるか？」

情報はあるかと尋ねられて、千翼長は疑うように士魂号を見上げた。

「阿蘇戦区及び阿蘇特別戦区は放棄《ほうき》が決まった。現在、戦線の諸隊は後方の陣地に撤退しつつある。反対車線を見ればわかるだろう……阿蘇へ向かえとの命令でも出たのか？」

「我らは何も聞いていないが」

舞の言葉に千翼長は考え込んだ。

「こんなものが届けられている」

千翼長は一通の命令書を掲《かか》げてみせた。しっかりと封《ふう》がされている。

「連絡がありしだい、開封するようにと言われている。そちらには届いているか？」

「いや、届いていないな」

どういうことだ？　何が起こっているのか？　舞はじっと九州総軍の封筒を見つめた。阿蘇戦区の放棄のことなど何も聞かされていない。中部域戦線最大の戦区である阿蘇が放棄されたら、人類側はなし崩しに戦線を突破されるだろう。

全軍崩壊……不吉な言葉がふっと脳裏《のうり》をかすめた。

「とにかく、我らは陣地へ行く」

そう言って拡声器を切った舞のところに、瀬戸口から新たな情報が入った。

「阿蘇の針ネズミ陣地が完全に沈黙した。敵は引き続き、後方の戦線を突破《とっぱ》、国道沿いに菊池、山鹿《やまが》方面をめざして進撃中ということだ。なあ、芝村。こいつは本格的な攻勢《こうせい》だぞ。善行さんと連絡を取った方がよくはないか？」

「むろんだ。しかし音信不通《おんしんふつう》なのだ。来須らを回収してから考えることとする」

その時、二番機の滝川陽平《たきがわようへい》から通信が入った。

「なあ、どうしてこんなことになっちまったんだ？　俺たち、熊本で散々敵をやっつけたじゃん。あれだけじゃ足りなかったのか？」

滝川は単座型軽装甲《たんざがたけいそうこう》・二番機のパイロットとして、重装甲の一番機、さらに複座型・三番機への支援射撃を主な役割としている。熊本城決戦に参加、その時に大きな怪我を負っていた。

「ははは。ま、現実はかくのごとし、だ。とにかくとっとと陣地へ急ごう」

瀬戸口は滝川を励《はげ》ますように言った。

「あの……来須さんたちと合流したら、その後、わたしたち、どうなるんでしょう？」

補給車から整備《せいび》班副主任《はんふくしゅにん》の森精華《もりせいか》が通信を送ってきた。不安げな口調だった。善行と原が中央に招還《しょうかん》され、現在、整備班は森の手に任されている。森は、今ひとつ自信なさげである。

「その話もあとだ。じきに命令が届くだろう」

なんだか自分たちは宙ぶらりんな立場になっている。善行と連絡を取りたいが、まったく音《おと》沙汰《さた》はなし、手段もなしだ。そう思いながらも、舞は冷静に森に応えた。

虚空に砲声が轟《とどろ》き渡った。丘と藪に遮られたかなたのトーチカ陣地から、射撃音が聞こえる。舞は愕然《がくぜん》とした。安全な後方陣地と思っていたのに、阿蘇戦区を蹂躙《じゅうりん》した敵は、もうこんなところまで到達したのか？

「小型幻獣の浸透だろうよ、芝村」

舞の懸念《けねん》を察したように、瀬戸口が通信を送ってきた。浸透とは別名を「嫌《いや》がらせ」という。戦線の間隙《かんげき》を縫うように、小型幻獣は長駆《ちょうく》して熊本市街にまで出没《しゅつぼつ》することがある。これに逐一《ちくいち》対応するのは戦車随伴歩兵の仕事だった。

「とにかく、来須たちと早く合流することだね。それから善行さんと原さんからの連絡を待てばいいじゃないか」

狩谷が冷静に通信を送ってきた。

「そんなこと言ったって不安なんです」

森が言い返した。その口調には明らかに厭戦《えんせん》気分が交じっている、と舞は思った。無理もないだろう。自然休戦期まであと一週間もない。戦争が終わったと安心していたら、熊本市街で大規模なテロ攻撃があり、司令部ビルが爆破された。以来、楽な戦いを続けていたが、突如《とつじょ》として戦況は雲行きが怪しくなり、「阿蘇戦区」が放棄された。

何がなんだかわからない、というのが本音《ほんね》だろう。

「にしても原さんはどぎゃんしたとね」

整備の中村《なかむら》も森に同調する。必要があれば戦うが、微妙《びみょう》な厭戦気分は整備班に共通することだ。戦時の整備は、戦闘部隊にも増して苦労が絶えず、彼らは常に士魂号の消耗する部品調達に大わらわになってきた。

しかも自力で戦える戦闘部隊に比べ、無防備であることへの不安感は強いだろう。

「だから、わたしにもわからんと言っただろう。中央への出張を急遽《きゅうきょ》命じられたと善行からメールが一通あったきりだ」

わたしの指揮では不満なのか？　と言おうとして舞は口をつぐんだ。むろん、そうだろう。

何しろわたしは芝村だからな。権謀術数《けんぼうじゅつすう》に生きる我らに心を許す者などいない。芝村一族は全世界の政財界、軍事に絶大な影響力を誇る新興《しんこう》の一族だった。その特異な点は、血縁《けつえん》ではなく、ごく少数の選ばれた者だけが「芝村になる」ことにあった。

「士魂号、トレーラーより降車。時速四十キロにて陣地へと向かう。その間、整備班は陣地後方二キロ地点にて補給車《ほきゅうしゃ》を展開、バックアップ態勢を確立せよ」

舞はそう言い捨てると、厚志の操縦《そうじゅう》を待った。ほどなく厚志は複座型を路上へと動かし、一番機壬生屋、二番機の滝川が黙って続く。目の前に敵がいる以上、戦うのが5121の信条だった。

「じゃあ、行くよ」

厚志のはなはだ緊張感に欠ける声が聞こえた。じゃあ、はないだろう。じゃあ、は。せめて発進しますくらいは言って欲しいものだ。

「参ります！」壬生屋《みぶや》の凛《りん》とした声が響いた。

漆黒《しっこく》の重装甲は、二本の超硬度《ちょうこうど》大太刀《おおたち》を引っさげ、複座型を追い抜くと地響きを響かせ、走り出した。丘を越えれば眼下《がんか》に旧菊陽カントリークラブの青々とした芝生《しばふ》と、対照的な灰色のトーチカ陣地群を見下ろすことができる。

複座型も重装甲に追随、ほどなくトーチカ陣地とそれに殺到する小型幻獣の群を発見した。重装甲は斜面を駆け下り、小型幻獣の群を横合いから攻撃する。

トーチカ陣地のありとあらゆる火砲が火を噴いている。前方には大地を埋め尽くすゴブリンの大群。倒されても倒されても無限にわき出てくるようだ。

なおも突進しようとする壬生屋機の目の前で、一二〇ミリ榴弾《りゅうだん》が爆発した。ゴブリンの一団がいっきに宙に吹き飛んだ。一番機の足が止まった。

「気をつけろ、壬生屋。陣地の射界に入っているぞ」

瀬戸口からの通信に壬生屋は唇を噛んだ。ここ数日、戦っているのは小型幻獣ばかりだ。ふた振りの超硬度大太刀による大物狩りが信条の自分にとって、歯がゆい思いばかりだ。機を降りれば戦争なんてウンザリだったが、機上の人となった壬生屋は別人になる。

「ミノタウロスはいないのですか？　ゴルゴーンは？」

どこかいらだたしげな甲高い声で壬生屋は瀬戸口に通信を返した。

「落ち着けって。そのまま五十メートル後退、後方に回り込もうとする敵を牽制《けんせい》してくれ。ちなみに今はゴブリンの出血大サービスというやつだ。中型幻獣はいないよ」

「そうですか……」一機体を後退《こうたい》させながら、壬生屋は顔を赤らめた。

「なあ、壬生屋。こんなところでかっかしてもしょうがないぜ。こいつはな、敵の『必殺時間稼《かせ》ぎ嫌がらせ攻撃』というやつだ。これから嫌というほど中・大型を相手にすることになる」

「時間稼ぎ？　嫌がらせ？」

「衛星からの情報を参照《リファレンス》したんだが、逃げ遅れた阿蘇の全軍はほぼ包囲された。この攻撃は包囲の輪を固めるまで、こちらの救援の軍を遅らせようという思惑《おもわく》さ」

「わ、わかりました」

壬生屋は火照《ほて》る顔を持て余した。気がついたら瀬戸口からの通信を独占《どくせん》している。前にはそんなこと意識もしなかったけれど、瀬戸口と「なんとなくそういう仲」になってからは意識のしまくりだ。そんな壬生屋の心を見透《みす》かしたかのように滝川が声をかけてきた。

「へっへっへ、壬生屋、瀬戸口さんの前だとやけに張り切るじゃん」

「そんなことはありません！　わたくしはいつだって全力を尽くそうと思っていますっ！」

甲高い声が小隊間に流れる。誰もが耳を押さえているにちがいない。けど、それって嘘だ、と壬生屋は微《かす》かに罪の意識を覚えた。瀬戸口の前で頑張りたいのは本当のことだ。瀬戸口の声になだめられ、励まされなかったら、今の自分は満足に戦えるだろうか？

熊本市内で共生派のテロリストが司令部ビルを爆破した時のことを思い出していた。事件自体にさほど印象があるわけではなかったが、瀬戸口と一緒だった。あれ、わたくしあの時告白したんだっけ？　ふっと瀬戸口の引き締まった上半身を思い浮かべた。

あ、あれは手榴弾《しゆりゆうだん》の破片《はへん》で瀬戸口さんが怪我したから手当てしただけで……決してやましい気持ちなんてなくって。けど、すべすべしていたな瀬戸口さんの肌、と壬生屋はコックピットの中でますます顔を赤らめた。

「壬生屋、どうした？」

舞の声に、壬生屋は我に返った。

「あ、なんでもありません」

三番機複座型は一番機の後方で、ジャイアントアサルトを撃ち続けている。滝川の二番機もその横にあって射撃を続けている。

時間稼ぎの嫌がらせ、と瀬戸口が言うように、戦闘は一方的な虐殺《ぎゃくさつ》となっていた。地表を埋める小型幻獣の群は、撃てば必ず当たる。しかし、その間、国道、県道は封鎖され、阿蘇との連絡は遮断《しゃだん》される。こちらからはなんの動きもできない。

「きりがありません！　ここを突破して来須さんたちを迎えに行った方がよくありませんか？　整備班は後方にいるから安全ですし」

「けど、来須さんたち、なんだかいろいろ引き連れているみたいだぜ」

滝川が気が進まぬ様子で言う。正直なところ、戦争はもう終わりだと思っていた。数日後に迫った自然休戦期まで幻獣と適当に戦って——あとは整備班の森精華に告《コク》らなきゃ。人型戦車のパイロットを続けるつもりだった。それから森とずっと一緒にいたかった。熊本市内での共生派テロリストの騒ぎはショックだったけど、その後の戦いは楽勝《らくしょう》だった。たいていは雑魚ばっかり。心も体も、まだ以前のモチベーションを取り戻してはいなかった。壬生屋のやつ、どうしてあんなに張り切れるんだろう？　と不思議に思っていた。

「けれど、このままじゃ時間の無駄です。迎えに行きましょう！」

壬生屋の反論に、滝川は言葉を返すことができなかった。う～ん、今イチ、壬生屋にはつき合い切れない。芝村たちはどうなんだろう？

「さて、来須たちはけっこうお客さんを引き連れているそうだぞ。途中、病院で傷病兵を救出し、現在、前線の三キロ先まで来ているとのことだ」

「え、それって危険じゃないんですか？」

厚志の声が聞こえた。県道付近にも幻獣は進出しているだろう。来須と若宮はともかく、傷病兵が一緒とは。

「戦闘があったらしい。なんとか自力《じりき》で道を切り開き県道を南下《なんか》しているとのことだが、ここは壬生屋の言う通り、迎えに行った方がいいかもしれん。芝村、どうする？」

瀬戸口の提案に、舞は「ふむ」とうなずいた。

「指揮車は現在位地に待機《たいき》。我々は戦線を突っ切り、来須たちと合流《ごうりゅう》する。滝川は指揮車とともに待機、我々が来須らを引き連れて戻ったら、援護《えんご》射撃《しゃげき》を頼む」

「……わかった」

滝川は両腕に装備しているジャイアントアサルトの残弾を確認した。たっぷりと余裕があった。

「それと、整備班。そちらの方はどうだ？」舞が後方に展開している整備班に呼びかけた。

「異状ありません。けど、なんだか人気《ひとけ》がなくて気味悪いです」

森の不安げな声が聞こえてきた。整備班はトーチカ陣地の後方二キロ地点に補給車を中心に展開し、周辺は遮るものがない田園地帯である。たとえ小型幻獣が襲ってきても、路上に露出《ろしゅつ》している整備班はひとたまりもないだろう。

「機銃はどうした？」舞が尋ねると、森に代わって中村光弘が応答してきた。中村は一番機担当の優秀な整備員で、女性上位の整備班の中では頼りになる男手《おとこで》である。

「一丁だけ、補給車の荷台に置いてあるばい。こちらのことは心配せんでよか。とっとと作戦を終わらせて帰ってきんしゃい」

こういう状況では森より中村の方が頼りになるな、と思いながら舞は通信を送った。

「頼んだぞ。それでは一分後に作戦開始だ」

「はいっ！」舞の言葉に、壬生屋の返事だけが元気良く響いた。


春真《ま》っ盛《さか》りの田園風景を森は不安げに見つめていた。

田畑は荒れ放題に荒れ雑草が生い茂っている。かなたに散在する藪には何が潜んでいるかわからない。戦闘要員といえば、中村と、同じく一番機整備士《せいびし》の岩田裕《いわたひろむ》、元歩兵《ほへい》の田代香織《たしろかおり》が、なんとか銃器を扱えるに過ぎない。狙撃の名手である遠坂圭吾《とおさかけいご》は、またしても休暇《きゅうか》で実家に帰っている。遠坂君が除隊して民間人になったって本当なのかな？

滝川とつき合う前は、ほんのちょっとだけいいな、と思ったこともある。そして、不可解なことには、二番機整備士の田辺真紀《たなべまき》までもが遠坂家の執事《しつじ》が「除隊命令書」なるものを持ってきて、除隊し、隊を抜けた。

田辺さん、遠坂君のところにいるのかしら？　どうして善行さん、そんなことを許したのかしら？

考えても答えが出るはずもなく、ただ自分の中の不安を増大《ぞうだい》させるだけだった。

それにしても——森はため息をついた。自然休戦期なんて嘘じゃないの、と思った。

どうしてこんなに忙しいんだろう？

熊本城で散々、敵をやっつけたのに。原さんはいなくなっちゃうし、芝村さんの指示じゃなんだか不安だ。ついてゆけない。

あの人は戦争が好きなんだ、とさえ思う。そんな感情を打ち消すようには努めているが、善行さんと原さんがいなくなり、芝村さんに任された隊が不安でならなかった。

森は芝村たちが去っていった前線の方角を見つめた。砲声、そして機銃音が雲ひとつない蒼《そう》穹《きゅう》にこだまする。空港にほど近い旧カントリークラブ付近では激しい戦闘が続いていた。

「あいたー。弾薬はどぎゃんしたと？」

中村の声が補給車の荷台から聞こえてきた。九四式機銃を一丁抱えているものの、肝心《かんじん》の弾薬が行方不明《ゆくえふめい》のようだ。

「ふ。弾なんかとっくに使い果たしているじゃないか。熊本城の時に」

茜大介《あかねだいすけ》が、ふんという顔で中村に言った。

「馬鹿たれ！　気がついていたなら、さっさと言えばよか」

「あいにく僕は資材調達が専門じゃないからな。それに、もうあんなめに遭うこともないだろうと思ったんだ」

あんなめとは、整備班が熊本城公園の塹壕陣地で心ならずも戦ったことを言っている。あの時は散々なめに遭って、戦闘経験のなかった整備班も必死で機関銃の引き金を引き続けた。

戦後の、たるんだ状況からはなんとか回復しつつあったが、すでに自分たちは熊本城決戦の時とはモチベーションが違う、と整備班の誰もが感じていた。本音をいえばとにかく、なんでもいいから――秒読みでもするように自然休戦期にすべり込んで、生き長らえたかった。休戦になったとしても仕事はいくらでもある。

そこが芝村ら、パイロットたちとの微妙な温度差であった。

「馬鹿大介！　それじゃわたしたち、丸腰《まるごし》じゃないの！　どうするのよ！」

森は血のつながっていない弟に食ってかかった。茜は幼い頃、森の家に養子《ようし》として引き取られてきた。両親は研究所暮らしで留守《るす》となり、今のふたりは微妙な同居状態を続けている。大介はわたしのこと好きなんだろうけど、そんな安易《あんい》な恋愛じゃあの子がダメになってしまう、と森は固く信じ込んでいた。

「そんなこと言われたって困るよ。じゃあ、なんで僕にだって気がつくことを副主任の姉さんが気づかなかったのさ」

「わたしはいろいろ忙しかったの！　それをフォローするのがあなたの役目でしょ」

「なんだよ！　自分だけ忙しかったと思っているのか？　僕だってハンパ仕事を押しつけられて、それでも腐《くさ》らずにこなしてきたんだぜ」

茜は現在というか、これまでずっと無職《むしょく》。元は指揮車整備の担当だったが、田代香織にあっさりと仕事を奪われている。どうして自分の才能を認めてくれないんだ、と茜は常々不満に思っているらしい。

頭脳は明晰《めいせき》だが感情的で、整備の才能はまったくなしと整備班長の原が判断したためだが、茜はそれを未《いま》だに恨《うら》んでいる。

「あれ？　向こうの林で何かが動いたよ」

にらみ合うふたりに、一番機整備士の新井木勇美がのんびりと言った。新井木が指さす方角を見ると、何かが光った。森はあわてて運転席のダッシュボードから双眼鏡《そうがんきょう》を取り出し、目を通すと、十五名ほどの戦車随伴歩兵がこちらに向かってくる。

光っているのは、アサルトライフルの銃身だった。

「こちらに来るわ」

森が緊張した声を発すると、整備員たちはざわめいた。歩兵たちは足を速めると、ぐんぐんとこちらに迫ってくる。

「姉さん、気をつけて。あいつら、様子がおかしいよ」

茜がささやくと、森はぶるっと身震いをした。どうして原さんがいないのよ。しかたなく森は拡声器を手にすると、声を発した。

「わたしたちは5121独立駆逐戦車小隊の整備班です。あの、何かご用ですか？」

歩兵たちの正体が明らかになってきた。学兵じゃなかった。最新の装備・ウォードレスに身を固めた自衛軍だった。

「すまんが、車を一台、借り受けたいのだが。戦闘があってな、トラックを破壊された」

隊長が、県道の下から呼びかけてきた。

「そんな……」森は言葉を失って立ちすくんだ。借り受けるってどういうこと？

県道下の畑にたたずむ兵たちは、いずれも屈強《くっきょう》な大人の兵だった。無言の迫力というか、彼らにはそんなものがあった。

「トレーラーを一台だけでよい。我々は撤退命令を受けている。至急、本土へ向かわねばならんのだ」

本土へ？　森はますます混乱した。戦場がすぐそこにあるというのに、どうして本土へ回れ右するのか？　困惑する森の手から拡声器がもぎ取られた。

「そんな余裕はなか」

森に代わって中村が言った。茜が神経質《しんけいしつ》に叫ぶ。

「そうだ！　僕たちはこのトレーラーで人型戦車を運搬《うんぱん》しているんだ。それに借り受けるなんて言って、返してくれる保証でもあるのかよ？」

馬鹿大介……。森はがくりと頭《こうべ》を垂《た》れた。

しかし隊長は動ぜず、無表情に言った。

「ならば言い直そう。手段《しゅだん》を問《と》わず撤退せよとの命令を受けている。残念だが、一台、もらい受ける」

そう言うと、隊長は無造作に、県道へと登ろうとした。部下たちは無言でライフルを森たちに向けている。

「てめーら！　命令を受けているなんて言いやがって、自分たちだけ逃げる気だな！」

軽トラのドアが開いて、指揮車整備士の田代香織が隊長の前に立ちふさがろうとした。たん、と銃声が響き、田代の足が止まった。隊長はシグ・ザウエルを空に向けていた。銃口からは煙が立ち昇っている。

「ば、ばっかやろう！　味方を撃つ気かよ？」

田代は真《ま》っ青《さお》になって、すばやくウォードレスのポーチを探った。けっこう前に物資《ぶっし》集積《しゅうせき》所《じょ》を「見学」した際にちょろまかしたベレッタを構える。

「やめて！　田代さんっ！」

森が悲鳴交じりの声をあげた。相手はきっと本気だ。元々自衛軍と学兵とでは命令系統が異なり、自衛軍はすべてに優先される。前に新設された自衛軍の人型戦車小隊の整備員と話をしたことがあるが、教わる立場でいながら、自衛軍の整備員にはどこか若年《じゃくねん》の自分たちを見下したようなところがあった。

「ノオオ、だめですよ田代。この人たち本気ですゥウゥ！」

一番機整備士の岩田は、そう叫びながら田代と隊長の間に割って入った。両手を広げ、田代に向き直る。確かに目の前に戦場があるというのに、本土へ撤退するという自衛軍の行動は理不尽に思える。田代の暴発《ぼうはつ》の可能性は高かった。

「……じゃっどん、トレーラーは俺らの命綱《いのちづな》ばいね。軽トラならなんとか」

ふうっとあきらめの息を吐いて、中村が言った。学兵の命は自衛軍より軽い。企業でいえば本社と子会社の社員の格差のようなものだ。

「軽トラだって必要です」

森がささやくと、中村は首を振り振り、森に言った。

「ここは交渉《こうしょう》するしかなか。まわりを見てみんしゃい」

戦場から後方二キロの県道付近には人っ子ひとりいなかった。最悪の事態が起こったとしても誰も目撃者はいないだろう。

「嘘でしょ？」森は震える声で中村に言った。

「落ち着け。ここは俺が交渉するけん、森は肩の力を抜くとよかよ」中村は森の耳にひそひそとささやいた。

「その提案は聞けんな。重ウォードレスを含む十五名の隊員が、どうやって軽トラックに乗ることができるのか？」

隊長は冷静に言った。

「じゃから、俺らは軽トラを提供《ていきょう》するばい。残りは他の隊から借りるとよか」

ふっと、隊長の顔に笑みが浮かんだ。哀れむような笑みだった。

「おまえたちはなんの命令も受けていないのか？」

「うんにゃ、なんも聞いとらん」

「なるほど」

隊長はそう言うと、あらたまった口調で、「最後尾《さいこうび》のトレーラーを徴発《ちょうはつ》する」と整備員らに向かって宣言した。

原さん助けて。森は目をつぶって涙をこらえた。

地響きが聞こえた。続いて、瀬戸口の陽気な声が空にこだまする。

「そこまで。そこまでですよ、自衛軍の皆さん。気持ちはわかるけど、こちらはこーんな重たげな兵器を運用しているんでね」

エンジン音が近づいてくる。指揮車だ。機銃座《きじゅうざ》には衛生官兼機銃手《えいせいかんけん》の石津萌《いしづもえ》が所在なさげに座っていた。

指揮車に先導《せんどう》されるように、滝川の二番機が地響きをあげて近づいてくる。全長九メートルの人型戦車は、県道を下りると自衛軍の兵らから十メートルほど離れた距離で停《と》まった。

「大丈夫か、森！　狩谷《かりや》の陰険《いんけん》眼鏡が実況中継《じっきょうちゅうけい》してくれたんだ」

二番機の拡声器から滝川の声が響き渡った。

「陰険眼鏡はよけいなんだがな」

二番機整備士の狩谷夏樹《なつき》が補給車備えつけの拡声器から、ぼそりと言った。見れば、補給車のバンパーにはどこから調達したか、集音マイクが取りつけられてあった。整備班は無防備ゆえ、こんなアイデアを思いつく。ただし、こんなマニアックなことをやるのは秀才《しゅうさい》メカニックの狩谷しかいないだろう。

「撤退するのはあんたらの勝手ですけどね、俺たちはただ今、戦闘中ってわけ。こちらの足を引っ張らないで欲しいですね」

瀬戸口は穏《おだ》やかな声でやんわりと言ってのけた。

二番機と歩兵たちはしばらくの間、にらみ合いを続けたが、もとより勝負になるはずもなかった。時間の無駄と考えたか、隊長は回れ右すると、部下をうながして県道を熊本方面へと歩み去った。

「これ以上、戦っても無駄だぞ」

去り際《ぎわ》に捨てぜりふのつもりか、隊長は誰に言うともなく言った。自衛軍の迷彩がほどこされたウォードレスの歩兵たちは黙々と駆け去った。

「なあ、滝川」

瀬戸口が冷やかすように拡声器で二番機に呼びかけた。

「なんすか？」

「大丈夫か、森、じゃないだろ？　そういう時は大丈夫か、みんな、とか言うものだ。そうでなくちゃ正義の味方は務《つと》まらないぞ」

「あ、そうか……」間の抜けたことに、拡声器を通して滝川の声が洩れる。森は真っ赤になった顔を両手で覆《おお》った。

「なんだか様子がおかしいですよね」

補給車から狩谷の声が聞こえた。ウィンドウを開け、助手席から顔だけを出している。瀬戸口も指揮車のハッチを開け、狩谷の言葉にうなずいてみせた。

「自衛軍が泥棒《どろぼう》まがいのことをするとは。手段を選ばず撤退せよ、か」

瀬戸口が考え込むふりをすると、狩谷は「そんなの簡単なことじゃないですか」と追い打ちをかけるように言った。

「熊本じゃなく本土へ撤退するって言ってましたよ。熊本も危ないってことですね」

そうなんだがな……瀬戸口は苦笑した。どこもかしこも敵だらけで、敗色《はいしょく》は明らかだ。しかしそれを整備員に言ってどうする？　無防備な彼らの不安をあおるだけだ。

「あの、戦っても無駄ってどういうことっすか？」

滝川の声が拡声器から響いてきた。しょうがないなあ、と瀬戸口は笑みを浮かべたまま応えてやった。

「そんなことを気にしてどうする？　目の前の陣地で頑張っているやつらがいる。戦っても無駄とは逃げたいやつらの口実さ」

我ながら似合わないセリフだ、と思いながら瀬戸口は半ば憂鬱な思いで言った。

「そう思いたいのはやまやまなんですがね」

狩谷の声に、瀬戸口は額に手をやった。だから、今、そんなことを言ってどうする？　善行も原も現時点《げんじてん》では行方不明。秀才の悲観論《ひかんろん》は今は必要じゃないんだぜ。

「ねえねえ、ののみも聞きたいよ」

それまでオペレータ席におとなしく座っていた東原《ひがしはら》ののみも口を開いた。

東原は八歳の外見を持つ幼女《ようじょ》で、普段《ふだん》は瀬戸口の補助的な役割をこなしている。本人はけんきゅーじょの「じんこーちょーのうりょくとふろーふし」の被験体《ひけんたい》となったことによって成長が止まったと信じているらしいが、真偽《しんぎ》のほどはわからない。

何かを感じているのだろう、東原の顔には不安と……あきらめのようなものが浮かんでいた。

瀬戸口は笑みを消して東原に向き直った。

「あのな、無駄ということはないんだ。俺たちが戦うことで、ひとりでも多くの兵が救われる。そう信じてこれまでやってきたし、これからも信じよう」

だから、こいつは俺のセリフじゃないんだ、と瀬戸口はふっと苦笑《にがわら》いを浮かべた。

「うん！」東原は満面に笑みを浮かべてうなずいた。

「何が起こっているのか、まだつかめてはいない。不安だろうが、俺たちはすでに自分のやるべきことを知っているはずだろ？」

「あはは。瀬戸口さん、芝村さんみたいなこと言ってはる」

運転席の加《か》藤祭《とうまつり》が振り返って笑った。加藤は事務官《じむかん》で、普段は隊の会計《かいけい》や物資《ぶっし》調達《ちょうたつ》などを受け持っている。ニセ関西弁《かんさいべん》を使うことで、地味で根《ね》暗《くら》な性格を奮《ふる》い立たせているような危うさを持っている少女だ。

「ああ、芝村がここにいればな、と思うよ」

珍しくあっさりと認める瀬戸口に、加藤と東原は顔を見合わせた。

「とにかく目の前の作戦に集中すること。こら、滝川、狩谷。おまえさんたちが変なことを言うからまともなことを言ってしまったじゃないか」

「あ、すんません」滝川は相変わらず拡声器から謝ってきた。

「どうして僕まで……」狩谷の不満そうな声が洩れてきた。

　補給車付近にうずくまる二番機にたんぱく燃料が注入される。弾帯が補充《ほじゆう》され、整備員たちは故障箇所《かしよ》を入念《にゆうねん》にチェックしはじめた。本来なら、ほとんど戦闘には参加していない二番機ゆえ、そこまでする必要はないのだが、何かをしていないと整備員たちは不安だった。

　脚回りの点検をする狩谷の目を盗《ぬす》んで、森はこっそりとコックピットによじ登った。ハッチを開けると、ほの暗い空間に滝川陽平の後ろ姿があった。

「滝川君、拡声器のスイッチを切って」

　名を呼ばれて滝川が身じろぎした。機体と神経接続されている目には森の姿は映らなかったが、声だけは聞こえる。スイッチを切ると、「へっへっへ」とにやけた笑いを洩らした。

「どうしたんだよ、森。戦闘待機中にコックピットを開けるなんて珍しいじゃねえか。陰険眼鏡に嫌みを言われるぜ」

「さっきはありがとう」

　森はささやくように言った。なんだって、と滝川が聞き返す間もなく、森はくよくよと悩む少女の顔に戻って言った。

「わたし、こわくて」

森の手が伸びて滝川のウォードレスを着込んだ肩に触れる。その感触だけはなんとなくわかる。滝川は口許を引き締めた。

「俺もさ。本当はこわくてたまらねえんだ」

人工筋肉に覆われた肩越しに森の手のぬくもりが伝わってくるような気がした。むろん森の手もウォードレスで覆われている。それでも、そんな気がした。

「俺、実はさ、閉所恐怖《へいしょきょうふ》症《しょう》なんだ。……んでもって、あの時、死ぬようなめに遭って。戦うのが今はこわいな。そりゃ、命令があれば戦うけどさ。体が勝手に動いてくれるし」

「閉所恐怖症って……」森は言いかけて口をつぐんだ。しかし、滝川は淡々とした口調で森の言葉を引き取った。

「本当は狭いコックピットに籠《こ》もるパイロットには向いてねえんだ。けどなぁ、前の……熊本城の戦いで死んじまった二番機のやつ、そんな俺のこと応援してくれて」

滝川は何を言っているのかわからなくなった。ただ、森に何かを伝えたかった。人型戦車の整備員特有の軽油とたんぱく燃料と……ほんの微かなシャンプーのにおいが滝川の鼻腔《びこう》に流れ込んできた。森の、森精華のにおいだ。滝川は何故か、心が安らぐのを感じた。

「こわいけど、俺、大丈夫だから。森のこと、守るから。……俺、ずっと森と一緒にいたいし、だから、ええと」

滝川は貧弱《ひんじゃく》なボキャブラリーの中から、言葉を探した。森は黙っている。

「頑張るよ」

「うん」

しばらくの間、滝川は幸せな気分に浸《ひた》った。

こんなもんでいいよな？

これで告《コク》ったことになるよな、と口許をほころばせながら、森のにおいを鼻腔に吸い込んだ。

「何をしているんだ？」

不意に咎めるような口調で、狩谷の声が響き渡った。背後で森が身じろぎする気配。くそ、陰険眼鏡め、馬に蹴られて死んじまえ。

「あ、ちょっとね、二番機に不具合がないかって」

森は言い訳をすると、あわててコックピットを閉め、機体から飛び降りた。

「それは二番機担当の僕の仕事だろう？」

「けど……遠坂君と田辺さんがいっきに抜けたから。大変じゃないかと思って」

ふたりとも二番機の担当であったから、今は狩谷だけが正式な担当である。臨時《りんじ》に茜が狩谷の補佐を命じられ、不機嫌な顔で作業に従事《じゅうじ》していた。

「姉さん、顔が赤いよ」

茜がジャイアントアサルトの弾帯《だんたい》をクレーンで動かしながら、声をかけてきた。

「これは……日焼け。わたしって肌が弱いのよね」森は苦しい言い訳を重ねた。

「ふ。肌の弱さなら僕の方が上だね！　ついでにきめ細かさもね。なあ、担当を替えてくれよ。

僕はこんな性格が悪い陰険なやつと仕事をするのは嫌だ。僕は天才だから、ことあるごとに陰険眼鏡に妬《ねた》まれてさ。困っている」

「どうぞ、ご自由に。君は勝手に天才を自称していればいいさ」

狩谷は冷笑を浮かべて、茜に向き直った。茜も敵意を込めた視線で狩谷をにらみつける。

大介は助けてくれたのかもしれない、と森は何故か思った。考え過ぎかもしれないけど。

結局のところ、瀬戸口が舞に通信を送って整備班は前線付近に進出することとなった。砲声はしだいに弱まり、シャワーのような機銃音も断続的になっていた。灰色のトーチカ陣地群は無傷のまま旧カントリークラブの芝生の上に林立していた。

戦闘が落ち着くにしたがって、すれ違う車両が多くなった。兵員を満載した軍用車両が市内をめざして走り抜けていく。

阿蘇戦区はだめなのか？　救援をあきらめたのか？　５１２１小隊整備班の面々は複雑な思いで遠ざかる車両を見送った。

関門トンネル　〇九〇〇

関門トンネルにさしかかると、一瞬目の前が真っ暗になった。

ささくれた手が自分の掌《てのひら》に重ねられた。原素子《はらもとこ》の手。５１２１小隊司令・善行忠孝《ぜんぎょうただたか》は、闇《やみ》して、いつも照明を灯《とも》していた。そういえば彼女、暗闇が嫌いだったな。寝る時でも、いつも照明を灯《とも》の中で苦笑を浮かべた。列車が高速で線路をすべる音。きぃんと耳鳴りがした。

ほどなく列車は下関《しものせき》の市街を走っていた。手を離すよう目でうながすが、原は平然と手を重ねたままでいた。ふたりは軍用列車の客車・コンパートメントに並んで座っていた。対面《たいめん》には中央情報局の者です、と自己紹介をした黒服。表情を悟《さと》られぬよう、サングラスをかけている。先ほどからスーツ姿の黒服の左脇の膨《ふく》らみが気になっていた。

「わたしたちに拳銃が必要なのですか？」

善行が水を向けると、大柄な黒服は「いえ」と短く答えてから言い訳がましく続けた。

「装備を義務づけられております」

「なるほど。その厚みだと、ＳＩＧ・Ｐ２２０。装弾数七ですか。趣味《しゅみ》の世界ですねぇ」

趣味の世界と言われて、黒服はわずかに頰をゆるめた。

「はぁ、四十五口径が好きでしてね。集弾《しゅうだん》性能も良いですし」

「わたしのＰ２２６はどうしたんでしょうね？」Ｐ２２６はより軽量の装弾数十五の実用的なモデルとされている。

善行は皮肉交じりに言った。今朝早くに自宅に押しかけてきた黒服たちは有無を言わせず、善行を熊本駅まで「護衛」した。列車のコンパートメントで原素子と顔を合わせて、ふたりは苦笑いを浮かべたものだ。自衛軍中央情報局《ちゅうおうじょうほうきょく》の者と名乗る黒服の男たちは、「ご心配なく。決して怪しい者ではありません」とぬけぬけと言った。

十分に怪しい。だいたい中央情報局など、聞いたこともない。軍の、特定の派閥《はばつ》の機関なのだろうが、自分たちを拉致《らち》してどうしようというのか？　黒服と無駄口をたたきながら善行は考えていた。

「は。万が一の場合は、わたしがあなたがたをお守りします」

善行の質問にはまったく答えていない。黒服は無表情に言った。

「芝村準竜師《じゅんりゅうし》と連絡が取りたいのですが」

「申し訳ありません。上からの指示があるまでは何もできないのです。あとしばらくご辛抱《しんぼう》を」

車窓《しゃそう》の風景は刻一刻《こくいっこく》と移り変わってゆく。

本州最西端の海峡《かいきょう》都市・下関の街は軍事一色に染まっていた。沿線《えんせん》には、軍需《ぐんじゅ》物資を満載したコンテナが置かれ、本土仕様の見慣れぬ戦車が一両、二両と、周辺を警戒していた。途中の駅には九州から引き上げてきたらしい自衛軍の兵士の姿が多く見られ、貨車には野戦迷彩をほどこされた双輪式《そうりんしき》戦車が積まれている。

長い間親しんだ学兵たちの制服は見られなかった。

なるほど、来《きた》るべき時が来たな。

善行は冷静に目に映る現実を受け止めた。自衛軍の多くは二、三日のうちに本州へ引き上げるだろう。そして学兵はごく少数の精鋭のみが本州撤退への切符を手に入れる。

善行はそれとなく室内を見渡した。広々としたコンパートメントは高級将校が使う豪華なものだった。隣には原素子が退屈《たいくつ》そうな顔で座っている。

そして目の前には若宮クラスの屈強な黒服。首回りの太さが格闘技《かくとうぎ》の心得《こころえ》があることを示している。

黒服が微かにうなずいた。おそらく耳に小型の通信機を装着しているはずだ。

黒服は腰を浮かすとコンパートメントの窓下に設置された棚《たな》を開けた。洋酒の瓶《びん》がずらりと並んでいる。

「スコッチをご用意しますが。如何《いかが》でしょう?」

「けっこう」

「わたしもけっこうよ」

ふたりがにべもなく断ると、黒服は落胆《らくたん》したようだった。

原の長く細い指が善行の掌の上を踊った。「これからどうなるの?」。善行は照れ笑いを浮かべると、そっと原の手を握り締めた。黒服が心なしか横を向いた。

(東京へ?)

善行は原の意を察して、掌の上にこう書いた。

(5121は?)

(本土へ移送)

ふたりは目と目を見交わし、口許には微笑を浮かべていた。黒服は横目でふたりの様子をうかがいながら、やはりふたりの関係は本当だったのかとでも言いたげに心もち首を傾げた。

列車は防府《ほうふ》を過ぎ岩国《いわくに》へと差しかかっていた。ここには自衛軍の基地と西部方面軍の巨大な物資集積所がある。車窓から見る岩国の街は灰色にくすんで見えた。

「ところで、戦況《せんきょう》についてですが、何かご存じありませんか？」

善行は何気なく黒服に話しかけながら、原の掌の上に書いた。

(岩国で脱出)

原は、え？という顔で善行を見つめた。しかし、善行は笑みを浮かべたまま、目で制した。

「残念ですが、わたしは何も知りません」

「そうですか」

などとしゃべりながら、善行の指先はせわしなく動く。

(九州撤退確定。下関→岩国、準警戒態勢)

部隊、兵の配置などから善行は第二種と判断していた。九州の戦線が安泰《あんたい》なら、あんなにピリピリした空気は伝わってこないだろう。

(方法は？)

(仮病《けびょう》)

わたしが？　と原は迷惑そうに善行をにらみつけた。

(あとはわたしが。5121へ早く)

軍用列車は、きしみ音をあげながら岩国駅で停車した。

「ちょっとわたしのバッグを取ってくださる？」

原の言葉に黒服は無造作にうなずくと、バッグを渡した。何やら熱心に探していたかと思うと、原は「しまった！」と叫んでその場にうずくまった。

「どうしました？」

黒服はあわてて原を抱え起こそうとする。

「彼女は糖尿《とうにょう》の気《け》がありましてね、インシュリンを用意していないと……」

言いながら善行はネコ科の動物のようなしなやかさで黒服の隣に回った。はっと黒服が顔を上げた時には善行の長い腕が黒服のたくましい猪首《いくび》を絞め上げた。あわてて原が黒服の銃を奪おうとして手を伸ばす。しかしその必要はなかった。黒服は完全に絞め落とされていた。絞め落とされた黒服の懐からシグ・ザウエルを取り出すと、善行の無表情な顔に苦笑が浮かんだ。

「同じシグでもこんなに違うか。趣味の世界ですねぇ」

「どうやって……？」

こんなプロレスラーみたいな人を気絶させたの、と原は床に伏した黒服を見下ろした。

「壬生屋流の絞めを彼女に習いまして」

５１２１小隊の一番機パイロットの壬生屋未央の実家《じっか》は古武術《こぶじゅつ》の道場《どうじょう》を開いている。善行が軍隊で習った格闘技より明らかに優《すぐ》れ、残酷《ざんこく》であった。

善行は、たまにひとり鍛錬《たんれん》している壬生屋のもとを訪れては、彼女にワザを習い覚えたものだ。あと少し指に力を込めれば、黒服は死んでいた。

「さて、行きましょう」

善行は自分のアタッシェケースを取り上げると、原をうながした。通路には黒服の仲間がいる。さて行こうと言ったものの、と善行は首を傾げた。

数分もすれば足下の黒服も目を覚ますだろう。窓から？　無理だ。防弾《ぼうだん》仕様の分厚《ぶあつ》いガラスだ。さて、と善行は眼鏡に手をやった。

「ねえ、どうするのよ？」

「……どうしましょうかね。こうなったら最も古典《こてん》的なスタイルで」

善行は落ち着いた仕草でドアを開けると、すばやく左右を確認、右側通路奥に五人の黒服が固まっていることを確認した。

「左から逃げます」

善行と原がそろそろと移動してしばらく、ふたりの姿を認めた黒服が騒ぎだした。善行はシグ・ザウエルを高々と掲げた。黒服が怯《ひる》む。ひとりがコンパートメントに倒れている仲間を発見した。

「まさか……」

「大丈夫、気絶しているだけですよ」

善行と原はじりじりと乗降口に移動する。黒服たちは距離を取りながら、ふたりに接近する。善行は銃をかざしながら、相手が距離を詰めようとすると相手に狙いを定めた。

「そのまま、距離を取ってください。車内での撃ち合いは利口《りこう》とは言えませんよ。跳弾で何人もが傷つくことになる」

「お願いですから戻ってください。上からの命令なんです」黒服のひとりが懇願《こんがん》した。

「ええ、そうしたいのはやまやまなんですがね」

と言いながら、次の瞬間、善行は原の手をつかんで乗降口から飛び降りた。出発のベルが鳴った。黒服たちは、はっとしてあわてて左右を見渡す。単純なワナだ。乗降口から巧妙《こうみよう》に遠ざけられたかたちになっている。彼ら一斉に走り出したが、巨体が災いして狭い通路でつっかえてしまった。

「しまった……！」

辛《かろ》うじて抜け出したひとりの鼻先でドアが閉まった。

「緊急停車、レバーを引くんだっ！」

「改札口《かいさつぐち》に向かっているように見えるんだけど」

善行に手を引かれて走りながら、原は不審な面もちで尋ねた。「趣味のシグ・ザウエル」はアタッシエにしまってある。

「我々は全国指名手配というわけじゃありませんよ。軍上層部のどの派閥かはわかりませんが、中央への招還も隠密《おんみつ》行動でしょう」

「けど、糖尿病はないでしょ、糖尿病は！」

原は息を切らしながらも、口をとがらせた。

「ははは、失礼、失礼。何故かそんな病名が浮かんだのです。彼女、心臓が弱くて、なんて言い訳は思いつかなかったな」

改札口に達すると、善行は身分証を提示、さっと敬礼をするとあっけに取られる駅員を後目《しりめ》に駅構内から脱出した。休もうとする原をうながして、さらに市街《しがい》へと駆ける。準備中の札《ふだ》がかかったスナックが建ち並ぶ適当な裏路地を見つけると、やっとひと息ついた。

「何カ月分かをいっきに走った感じ。わたし、心臓が弱いんだからね！」

原は思いっきり善行の袖を引っ張ると、身を折り曲げ、荒い息をついた。それだけでは足りず、地べたにへたりと座り込んでしまった。

「善行さん、わたし、お腹が空いた」

「……今、のこのこと食堂なんかに顔を出せませんよ」

「じゃあ、喉が渇いた。なんとかして。わたし、オレンジ・デリシャス・ティーね」

原はやっと自分のペースを取り戻したらしく、ショートカットの美貌《びぼう》の顔にいたずらっぽい表情を浮かべた。善行はやれやれとため息をつく。

路地裏から顔を出すと、おそるおそるあたりを見回した。運良く自動販売機を見つけると、ウーロン茶とブルーベリー・デリシャス・ティーのペットボトルを手にして、再び路地にすべり込んだ。

「ブルーベリー？　なにこれ、趣味悪《ワル》。オレンジはなかったの？」

「オレンジは九州地区限定販売です」

善行は口から出任せを言うと、原に本土で言うブル・デリ・ティーを渡した。

「ウーロン茶もいいけど、糖分摂取《とうぶんせっしゅ》した方がいいわよ。これから長いんだから」

「ああ、それは気がつきませんでした」

善行は苦笑いすると、ウーロン茶を喉に流し込んだ。何時間ぶりかの自由である。ふたりはしばらくの間、黙々と飲み物を飲み続けた。

「それで……これからどうするの？　駆け落ちでもしようか？」

原がにこりと笑いかけると、善行も釣られて苦笑する。

「それもいいですが、駆け落ちならいつでもできますよ。今は一刻も早く５１２１に戻らないと。これからちょっとしたショート・トリップがはじまるというわけですね。不満ですか？」

不満ですかとの冗談に、原はにこやかな笑顔で返した。

「たまには旅行もいいわね。ホテルは、そうね、オークラ級だったら許してあげる」

「オークラ、ねえ。さて、と。それでは乗り物の確保をしなければ」

善行は原をうながすと、物資集積所の方角へと歩いていった。まずは何をするにも足を確保しなければならない。

すでに日は中天にかかろうとしている。５１２１の見慣れぬ制服を着た自分たちが、公共の交通は使えない。となれば……。善行はやけに重くなったアタッシェの中身にため息をついた。集積所でまたひと芝居か？

通りに出たとたん、ど、ど、ど、と音がして不思議な乗り物が低速で通り過ぎた。善行と原は目をしばたたき、乗り物を見送った。

彼らの視線に気づいたか、乗り物は停車して、自衛軍の濃緑色の戦闘服を着た初老の少佐《しょうさ》がシートから降り、近づいてきた。少佐はゴーグルを取ると、しげしげとふたりを見つめた。

「学兵さんとは珍しい。にしても、さすがさすが。わしみたいな年寄りには恥ずかしい制服を着ちょるなあ」

少佐の乗り物はピカピカに磨き上げられた真っ赤なサイドカーだった。助手席の部分には部隊章らしきものがカラフルに描かれてあった。今日は「趣味の世界」によく出合うな、と善行と原は顔を見合わせた。

「ふうん」

原はうなずくと、つかつかとサイドカーに歩み寄った。

「もしかしたらドニエプル型かしら？　水平対向空冷《すいへいたいこうくうれい》4サイクル2気筒《きとう》OHV。排気量《はいきりょう》649CC。今時の国産にはスペックは劣《おと》りますが、耐久性と信頼性には定評《ていひょう》がありますね。日本じゃ滅多《めった》に見かけませんよね」

原は感心したように、手入れの行き届いた車体に視線を注いだ。

「当たりじゃ！　おぬし、ただもんじゃないな」

少佐は顔をくしゃくしゃにして笑いかけた。

「大陸の戦線でな、ソヴィエトの将校から譲り受けた形見《かたみ》の品ってやつじゃ」

「少佐殿も大陸帰りですか。ひどい戦いでしたね」

初老の少佐は、意外な、という顔で善行を見た。

「おぬし、学兵なのに大陸に行ったのか？」

「元は海兵《かいへい》でしてね。キョンジュ付近の山岳地帯で戦いました」

「……ひどかったなぁ。わしもあそこで砲兵を率《ひき》いちょった。支援射撃専門じゃったが」

少佐は一瞬、沈鬱《ちんうつ》な表情になった。善行も「ええ」と言ったきり、横を向いた。

「実は少佐殿にお願いがあるのです」

しばらくして善行は、眼鏡を直しながら口を開いた。少佐は怪訝な面もちで言葉の続きを待った。

「わたしは5121独立駆逐戦車小隊の善行忠孝と申します。こちらは人型戦車の整備班長の原千翼長。ただ今、部隊は熊本付近に展開しております」

「うむ」少佐の目が光った。

「士魂号なら一度見たことがある。見事に運用に成功しちょる」

「我々はゆえあって中央に招還されたのですが、わたしの独断によって隊に戻ることに決めました。およその戦況はご存じのはず。わたしは5121小隊に戻り、本土に撤退する兵を援護したい。ゆえに、このサイドカーを譲っていただきたいのですが」

「わ、わしの、わしの愛車を……」

少佐は一瞬、とまどいの表情を浮かべた。

「生きる時も死ぬ時も、わたしたちは隊とともにありたい。勝手な言いぶんなんですが。こんな状況になってしまい、申し訳ありません」

善行はじっと少佐を凝視《ぎょうし》した。明らかな軍紀違反《ぐんきいはん》である。本来ならふたりを拘束するのが軍人としての義務だ。少佐は険しい表情で善行を見つめていたが、やがて、「ふっ」と口から息を吐き出した。ゴーグルを善行に向かって投げる。善行は左手で受け止めた。

「生きる時も死ぬ時も、か。隊というのは家族と同じじゃからのー。半島でともに戦った連中はそんなやつらばかりじゃった。ええい、おぬしと出会ったのが運の尽きじゃい！　じゃが、サイドカーの運転は難しいぞ。アクセルワークだけには気をつけろ」

「ありがとうございます」

善行は静かに言うと、少佐に指先まで伸ばした見事な敬礼《けいれい》をした。原もそれにならう。少佐もふたりの目を交互《こうご》に見据えて敬礼を返した。

「武運《ぶうん》を祈っちょる」

運転席にまたがった善行の背に、少佐は手向《たむ》けの言葉を贈った。

遠坂邸　〇八一五

『九州中部域戦線は阿蘇戦区及び阿蘇特別戦区を整理、戦線の縮小《しゅくしょう》に成功しました。戦いは人類側の勝利に終わろうとしています。今日の『戦う学兵さん』は紅陵《こうりょう》α小隊の佐藤《さとう》まみさん、幻獣撃破数三十八のエースです』

女性アナウンサーの声とともに、画面は金髪の女子学兵が、モコスと呼ばれるホバー駆動《くどう》の突撃砲の車上から照れくさげに手を振っているフィルムに替わった。車上には他のクルーたちが記念写真のように笑顔でＶサインを出している。

「悪趣味な番組ですよ」

遠坂圭吾は、ふっと笑うとリモコンを手にしてテレビを消そうとした。彼の傍らには彼付きの忠実《ちゅうじつ》な執事が影のように控《ひか》えている。

「あ、ちょっと待ってください。わたし、こんな大きなテレビ見たことなかったから」

田辺真紀はあわてて遠坂を制した。ふたりは遠坂の屋敷《やしき》の居間《いま》にいた。先ほどから田辺は収《しゅう》納式《のうしき》の液晶《えきしょう》大画面のテレビを惚《ほう》けたように見つめていた。

「迎えが来るまであと十分ほど時間があります。ご自由にどうぞ」

遠坂は気のない調子で田辺に言った。

遠坂の家は全国でも有数の財閥《ざいばつ》である。そして彼はその後継者《こうけいしゃ》だった。当主《とうしゅ》である父親の権力によって遠坂は徴兵を免除《めんじょ》されていたが、そんな父親への反発から彼は学兵に志願し、５１２１小隊の一員となった。

父親が勝手に遠坂の除隊手続きを行った時には、遠坂は珍しく激怒《げきど》した。単身５１２１小隊に戻って、共生派テロリストが市内で蜂起《ほうき》した時にはともに戦ったものだが、その後、司令の善行は家に戻るようにと言った。

整備員には補充《ほじゅう》がありますが、あなたにはあなたにしかできないことがあるでしょう、と。

失意のうちに家に戻った遠坂は、除隊することと引き替えに、田辺真紀を自分の側《そば》に置くことを父親に約束させた。遠坂の執事はなんとその日のうちに田辺を屋敷に連れてきた。かなわないな……、と遠坂はあきらめに近い思いでソファにもたれていた。

遠坂家はすでに九州に残っていた財産を本土へ移し、あとは田辺とともに特別列車に乗り込めばよかった。

それにしても、なんでわたしはのこのこと家に戻ってしまったのだろう？ たとえ司令に言われたとしても抵抗することはできたはずだ。田辺真紀のことにしてもそうだ。子供っぽい無理難題の犠牲《ぎせい》にしてしまった。

しかし田辺はどうして除隊することを承知《しょうち》したのか？ 遠坂は食い入るようにテレビ画面を見つめる田辺真紀に視線を投げかけた。

「あの……何か？」

視線に気づいて顔を向けた田辺に、遠坂はにこりとつくり笑いを浮かべた。

「すみません。迷惑をかけてしまって」

「なんのことでしょう？」田辺は怪訝な顔で遠坂を見た。

「除隊のことです。強引なことをやってしまった。断ってもよかったんですよ」

「え、けど、わたし嬉《うれ》しかったですけど。遠坂さんがわたしのこと必要としてくれているんだなって、そう思うと……」

田辺は微かに顔を赤らめながら、やさしげに微笑んだ。

「これからどうなるんだろうとか、仲間のこととか、心配じゃないんですか？」

ぶしつけなことを聞いてしまった、と遠坂は内心で悔《く》やんだ。

「それは……隊の皆のことは心配ですけど。何故か大丈夫だって気がするんです。わたし、遠坂さんの身の回りの世話をすればいいんでしょう？」

田辺は不安を感じてはいないようだ。肚《はら》が据わっているんだろうな、と遠坂はあらためて田辺の善《よ》さを発見したような気がした。

『モコスは狭くて、エアコンもないし、においも籠もるし。だからポプリとか、車内に置いてあるんですよ。あ、これ『幸運を呼ぶモグラのモグちゃん』です』

テレビ画面では戦車長が運転席に吊《つる》すマスコットを手にしてはきはきとインタビューに答えていた。遠坂は画面に視線を転じると、憂鬱な表情になった。

「モコスの小隊か。たぶん足留めに使われるでしょうね。友軍の撤退を最後まで援護する役目です。かわいそうに」

軍と結びつきが強い遠坂財閥のデータベースから、およその戦況は把握《はあく》していた。遠坂家は屋敷を東京に移す。すでに父と妹は出発していた。それだけ九州の戦線は危うい状況にあった。学兵で、しかもモコス……突撃砲の部隊となると、拠点防御《きょてんぼうぎょ》に使われるはずだ。撤退するとしても最後の最後になるだろう。

「そうなんですか？　わたし、整備のことしかわからないから」

「まあ、二カ月間、生き抜いてきた隊らしいじゃないですか。きっと大丈夫ですよ」

他人事《ひとごと》ならなんとでも言えるな。十中八九《じっちゅうはちく》、彼女らは死ぬだろう。遠坂は憂鬱な気分で、ボディガードが居間のドアをノックする音を聞いていた。

熊本駅構内は混乱を極めていたが、遠坂家のボディガードに囲まれるようにして、遠坂と田辺は特別列車のコンパートメントに収まっていた。客車をまるまる一両、居住《きょじゅう》用に改造した贅沢なつくりである。武骨な鉄板の上に落ち着いた色彩の花模様の壁紙《かべがみ》が張られ、オークウッドの重厚な家具に、革張《かわば》りのソファが置かれてある。横幅の狭さを我慢《がまん》すれば、遠坂家の居間と雰囲気《ふんいき》は大して変わらない。ボディガードが隣室に消えると、執事が黙って飲み物をつくりはじめた。

遠坂はブランド物のジーンズに、生成《きな》り色の綿《めん》セーターといった格好でソファに座り込むと、「そういえば」と口を開いた。

「制服姿では窮屈《きゅうくつ》でしょう。着替えが用意してあります」

対面して座る田辺は、恥ずかしそうに身を縮めた。遠坂さんは何を着ても似合うな、とラフな遠坂の格好をちらちらと眺めてはうつむいた。

「けど、わたしこれで……」

「橋本《はしもと》、彼女をよろしく頼む」

遠坂が命じると、執事はテーブルの上にコーヒーを置き、田辺に一礼した。

「それでは衣装室へ参りましょう」

「え、ええ、けど、わたし、この格好が好きなんです。動きやすいですし。あ、エプロンを貸していただければけっこうです」

「はあ……？」執事は首を傾げたが、すぐに深々と一礼した。

「わかりました。すぐにご用意いたします」

数分後、田辺はフリルとレースのついた純白のエプロンを身につけていた。「申し訳ありません。メイド用のものしか……」と恐縮《きようしゆく》する執事に、田辺は微笑《ほほえ》んだ。

「あの……わたし、そのつもりで来ましたから。遠坂さんのお世話をしたいんです」

田辺は遠坂家の執事が除隊命令書を手に隊を訪れた時のことを思い出していた。

善行は田辺を司令室に呼び出すと、「命令書はわたしの手元に留めておきます。あなたには遠坂君の世話を頼みたいのですが」と言った。

「お世話、ですか？」と聞き返す田辺に、善行は一枚のディスクを手渡した。

「これは保険のようなものでしてね。彼とふたりきりになった時、折を見て、渡してください。決して他の人間に見られてはいけませんよ。引き受けていただけますか？」

保険？

なんのことやらわからなかったが、重要なことのような気がした。除隊した遠坂のことはずっと気にかけていたし、思わず「はい」とうなずいていた。

広大な屋敷に招じ入れられて、はじめはとまどったが、これも任務なんだと割り切ると、案外気が楽になった。

「あの……執事さんもお疲れのようですから。どうかお休みになってください」

田辺がおそるおそる言うと、執事は「いえ」と微かに首を横に振った。

「圭吾様のお世話がわたしの仕事ですから」

そう言うと、執事は、部屋の隅に置かれた執事用の小さなデスクに向かって、ノートパソコンを開き、事務処理をはじめた。だめだ……。遠坂はといえば、ソファにもたれて、けだるそうに車窓の風景を眺めている。

どうすればふたりきりになれるんだろう？

エプロン姿のまま、田辺は困ったようにその場に立ち尽くした。

「ええと、あの、橋本さん」

「なにか」

「わたしは何をすればいいんでしょう？　掃除でもしましょうか」

橋本は、デスクについたまま、ほうという目で一瞬田辺を見上げたが、すぐに表情を消して抑揚《よくよう》のない声で言った。

「田辺様は圭吾様のお客様です。どうぞおくつろぎください」

「……あの、わたし、これからどこへ行くのでしょう？」

「これは臨時の列車でしてね、わたしたちはこれからノンストップで東京へ向かいます。この列車は戦線を見捨てて、逃げる高級軍人でいっぱいですよ」

遠坂は冷笑を浮かべ、言い放った。遠坂の口から皮肉を聞くとは思わなかった。どこか荒《すさ》ん

だ感じがした。彼の機嫌と状態はそれだけ悪いのだろう。気の毒に……田辺はおずおずと遠坂の隣に座った。

執事は相変わらず部屋の隅で影のように、仕事をこなしている。

微かな振動があって列車はすべるように走り出した。

どうすれば？　どうすればよいのかしら？

田辺はエプロンのフリルをきゅっと握り締めた。

特別列車はトンネルを抜け、陽光が降り注ぐ山陽《さんよう》の鉄路をすべるように走っていた。車窓から見える風景は一瞬のうちに移り変わる。相当なスピードだった。このぶんでは五、六時間もすれば東京に到着するだろう。

田辺真紀は客車の隅で仕事をしている執事を見た。だめだ、トイレに行くそぶりも見せない。どうすれば、と考えたあげく、不機嫌にテレビ画面に見入る遠坂の隣に座った。「ああ、これは失礼」遠坂は礼儀正しく田辺のためにスペースを開けた。

田辺はポシェットから手帳とペンを取り出すと、「声を出さないでください」と書いた。テレビ画面には子供たちの凧揚《たこあ》げ大会の様子が映っていた。

「わたし、小学生の頃、凧揚げ得意だったんです」言いながら、手帳に「善行さんからディスクを預かってきました。極秘だそうです」と書いた。

遠坂は驚いたように眉を上げた。しかし、すぐに田辺に合わせて、言葉を発した。

「羨ましいですね。わたしは外では遊ばせてもらえませんでしたから。部屋で紙飛行機を折ったり、照《て》る照《て》る坊主《ぼうず》をつくったりね」

そう言いながら、田辺がポシェットから出した小指大のディスク・スティックを受け取った。

「照る照る坊主、ですか？」

「ええ、趣味ですね。ところで、本当に着替えなくていいんですか？」

遠坂の目が、じっと田辺の純白のソックスに注がれた。田辺は居心地悪そうに身じろぎすると、「けっこうです」と言った。

橋本が聞き耳を立てていることはわかっている。今でこそ執事だが、橋本は元は父の片腕で凄腕の捜査官《そうさかん》だった。以前、父親に反発して何度か幻獣共生派の集会に出たことがあるが、ある時、集会場に赴《おもむ》くとそこには橋本だけがたたずんでいた。「圭吾様、彼らは遠いところへ行きました」ぽつりと言う橋本に、遠坂は言い知れぬこわさを覚えたものだ。

普段は執事兼ボディガードとして忠実に職務を果たしているが、彼が実際に忠誠《ちゅうせい》を誓《ちか》っているのは父だった。それが窮屈《きゅうくつ》でならなかった。

「パソコンの用意を。この時間を利用して、株価《かぶか》の様子を見たいのですが」

遠坂はそっとポケットにディスクを忍ばせながら、橋本に命じた。

西原町役場付近　一三三〇

　ゴブリンを掃射し、踏み潰《つぶ》しながら二体の士魂号は戦場を駆け抜けた。時速四十キロ。この調子ならあと十分もすれば小森《こもり》の集落に到着するだろう。精細《せいさい》な戦術画面《タクティカル・スクリーン》を見ながら、厚志は周囲の様子を探った。

　周辺は鬱蒼とした藪に覆われた山間部だった。途中、小単位の小型幻獣と出合ったが、これを掃討しつつ、行軍《こうぐん》は快調に進んだ。

「あと十分ほどで小森・西原町役場《にしはらまちやくば》前に出ます。そちらはどうですか？」

　舞は先ほどから黙り込んで、何やら別の作業をしているらしい。厚志は代わって来須を呼び出した。

　すぐに来須の低い声が応じてきた。

「こちらはあと三十分ほどかかる」

「危険があるようでしたら、もう少し前進しますよ。28号線の路上で合流できますから」

「そうしてくれ」

　来須への通信を切ると、舞が「ふむ」とうなずいた。

「静止衛星からの映像によれば、どうやら瀬田《せた》付近に敵の大群が集結しつつあるらしい。阿蘇戦区では十個小隊ほどが逃げ遅れ、包囲されているようだ」

厚志が言葉の意味をはかりかねていると、舞は重ねて言った。

「わずかに十個ということだ。友軍の逃げ足は思ったより速かったということだな。しかし敵もそれを予期していた」

不意に厚志の戦術画面が切り替わり、阿蘇から熊本へ向かう国道上の光景が、拡大《かくだい》映像で映し出された。厚志は息を呑んで、切り替わる映像を見守った。

これまでに見たこともないような車両の列が道路上に立ち往生《おうじょう》していた。すべてが破壊され、燃えている。道路脇には折り重なるように倒れている戦車随伴歩兵の死体があった。道路は使えず、国道を下った田畑の上を装輪式の戦車がよろめくように移動している。

「空襲だね」

「渋滞《じゅうたい》した車列をきたかぜゾンビとスキュラが空襲したのだろう。こんな光景が延々二キロにわたって続いている」

なんてことだ、と厚志は痛ましげな顔になった。

当たり前だ！

これだけの車両が一時に数少ない国道を利用しようとすれば、平時《へいじ》でも必ずなんらかの事故は起こり、渋滞して当たり前じゃないか。そんなことがわからないほど、司令部はおかしくなっているのか？

まるで、悪夢《あくむ》のような光景であった。

「これが精鋭を謳《うた》われた阿蘇の諸隊の最期《さいご》だ」

舞も同じ気持ちらしく、刻一刻と移り変わる静止《せいし》衛星《えいせい》からの映像を見守った。阿蘇と熊本市内を結ぶわずか二本の国道は文字通り「死の街道」となっていた。

「来須の選択は正しかったな」

来須は敢《あ》えて混み合う国道を避け、物好きとも思える山間部の迂回路を取った。

「それで、来須さんたちと合流したらどうするの？」頼むから、国道へ友軍を救出に向かうなんて言わないでくれよと願いながら厚志は尋ねた。

これまでに悪い予感は多々《たた》あったが、今度こそ危ないような気がする。敵は火中に飛び込んでくる士魂号を待ち受けているだろう。どうしてだか説明はつかなかったが、敵の悪意、幻獣たちの憎悪《ぞうお》をピリピリと皮膚に感じていた。厚志には敵に憎まれているという実感があった。

「引き返し、再び整備の連中と合流する。そして……善行からの連絡を待とう」

どうしたんだ、舞？

厚志は微妙な舞の心の揺れを感じた。確信、信念、そして確固とした意志……それは今もあるだろう。けれど、なんだか微妙に揺れている。

「待とう」じゃないだろう。「待つ」だ。

今の舞は司令なんだから、隊員たちに対して命令する権利がある。

「ねえ、舞。ちょっと善行さんに遠慮し過ぎてないか？　５１２１小隊の司令は今は舞なんだよ。善行さんだったらこうする、なんて考えないでよ」

今は戦闘中だ。だからこそ、敢《あ》えて言う必要がある、と厚志は思った。舞は迷わず、自分の考えで隊を引っ張っていけばいいのだ。それに……自分は舞とともにある。自分にとって舞の命令は他の誰とも比べようもないほど絶対的なものだ。たとえば舞が善行を殺せと命じれば、僕は即座に実行に移すだろう。

「わたしは遠慮なぞしていないぞ。必要と思う判断をし、命令を下しているだけだ」

舞は即座に反論してきた。言葉を選んでいるな、と厚志は思った。

「だったらいいけど……」

善行さんは中央とやらに出張して、数日は戻らないだろう。今さら善行さんの名前など出さないで欲しい。厚志は思った。まだ、引きずっているのか、自分が芝村であるということを。もういいんだ、僕は君のためだったら、なんだってできるさ。厚志は口許を引き締めた。

「思うにこれは本格的な攻勢だな。バターをナイフで切り裂くように、敵はやすやすと阿蘇の戦線を突破《とっぱ》し、我々は多くの精鋭を失った」

舞は話題を変えた。そんなことはわかっている。進撃した敵は残る友軍を包囲し、引き続き攻勢を続けている。一方的な展開となっていた。それにしても、司令部はなんでこの事態を予測できなかったのか？　司令部ビルの爆破が直接の原因なんだろうか？　疑問をぶつけてみると、舞は少し考えて口を開いた。

「表面的な理由は、軍の脆弱化《ぜいじゃくか》だな。破断界《はだんかい》という言葉を知っているか？　圧力に耐えに耐え続けてきた金属が、ある時点でぽっきりと折れる。我が軍は員数こそ揃《そろ》っているものの、新たに補《ほ》充《じゅう》された兵は未熟で装備も貧しかった。しかも自然休戦期を前にして指揮は弛《し》緩《かん》し、命令・情報系統は乱れていた。データの更新《こうしん》は遅れ、今でもすでに消滅《しょうめつ》した部隊が地図上には多く残っている。九州総軍司令部は情勢を楽観《らっかん》していたのだろう」

表面的な理由はそういうことだ、と舞は思った。

残念ながら——人は自分が見たい現実だけを見る。その傾向が強い人間は本来、軍人には向かないものだが、過酷な戦いが続く中、そのような人間が出てきても不思議はなかった。敵もそれを見越していたのか、自然休戦期の「ゴール」目前になって、大攻勢をかけてきた。混乱した撤退の中、精鋭も弱兵も等しく臆病《おくびょう》な羊《ひつじ》の群と化し、逃げ惑《まど》い、狩られていった。それが国道上で見た現実だ。

裏の理由は……。

舞は口を開きかけ、すぐに閉ざした。

推測にしか過ぎぬ。あと少し、考えがまとまったら厚志に話そうと思った。

百メートル先を走る壬生屋の一番機から通信が入った。

「前方に友軍を発見しました。あの……なんだか変な感じです」

舞は我に返ると、通信に応えた。

「どういうことだ?」

「友軍同士が撃ち合っているみたいです。ひどいっ! 死者が出ていますっ!」

「壬生屋、すぐに警告を発せよ」

なんということだ。すべてが混乱して、めちゃくちゃになっている。舞は唇を嚙み締めた。

漆黒の重装甲が超硬度大太刀をきらめかせ、突進すると、一瞬銃声がまばらになった。一方は陣地守備についている学兵、そしてもう一方も学兵たちだった。一方の学兵は一台の四トントラックを確保して、その陰から銃撃を加えている。

「全員、銃を捨てなさい！　わたくしは5121独立駆逐戦車小隊の壬生屋と申します」

拡声器を通じて、壬生屋の怒りを含んだ声がきんきんと響き渡った。倒れている学兵の部隊《ぶたい》章《しょう》をすばやく拡大表示《ひょうじ》、双方の兵の部隊章と照合《しょうごう》すると、壬生屋は大太刀をトラックを占拠《せんきょ》している兵らの鼻先に近づけた。

「あなたたち味方を撃ちましたね」

トラック付近には学兵がひとり、倒れていた。

「こいつらが突然やってきて、トラックをよこせと。止めようとした仲間を撃ちやがった」

陣地から学兵が叫んだ。

「なんということを！」

壬生屋の剣幕《けんまく》に圧《お》されて、告発《こくはつ》された兵たちは次々に銃を捨てた。

すかさず陣地側の隊長が射撃の合図を下そうとする。

ジャイアントアサルトの一連射。陣地による兵らはぼんやりと複座型の巨体を見上げた。

「これ以上は許さぬ。そなたらも銃を捨てろ。わたしは5121小隊司令代理・芝村舞である」

舞の冷静な声が拡声器から響いた。

どうやら双方《そうほう》とも、「士魂号慣れ」している部隊ではなかったらしい。無理もなかった。九州中部域戦線で稼働《かどう》している士魂号の数は、ふた桁《けた》台に達すれば上等というところだったからだ。故障が多く、稼働率はわずかにひと桁台の兵器である。まったく見たことがないか、見たとしても遠目に少し、という兵が大部分だった。

ふたつの部隊の兵たちは毒気を抜かれたかのように、ただただ二機の士魂号を見上げるだけだった。

「撃った者は？」

しばらくして舞が口を開いた。トラック周辺の兵らは互いに顔を見合わせるばかりだ。ひとりの百翼長が進み出てきた。

「責任は俺にある。トラックに便乗《びんじょう》させてもらいたいと頼んだところ、銃を向けられて……」

「馬鹿を言うな！　おまえたちはトラックを奪おうとしただけじゃないか」

陣地から声があがった。

「落ち着け。そなたらは撃った者たちの部隊名、官職《かんしょく》、姓名を確認しておけ。あとで憲兵隊《けんぺいたい》に告発するがよい」

陣地側の兵らが相手側に駆け寄った。部隊章を確認すると、トラックを奪おうとした兵たちはしぶしぶと身分証を示した。

「それで、そなたらはこれからどうするのだ？」トラックを奪おうとした兵が逃げ去ってから、舞は尋ねた。

「旧カントリークラブのトーチカ陣地に退《しりぞ》き、守備につけと」隊長は命令書を示した。

「それだけか？」

舞がさらに尋ねると、隊長は「それが何か？」と首を傾げた。

「トーチカ陣地は激戦の真っ最中だぞ。退くなら、適当に……そうだ、自分の頭で退路を考えよ」

士魂号が来た方角からは、砲声と機銃音がこだましていた。

「やはり、そうか」と隊長は落胆《らくたん》したようにつぶやくと、

「一《いち》か八《ばち》かで突っ切ってみますよ」と自らに言い聞かせるように言った。

「ねえ、あの人たち、連れていってやってもよかったんじゃないの」

学兵と別れたあと、しばらくして厚志が口を開いた。

「それも考えたが、あやつらは早々《そうそう》に陣地を引き払った方がよいと判断した。これまでの行程《こうてい》では目立った敵はいなかったが、帰りはどうなるかわからぬぞ」

「……そうだね」

どこもかしこも幻獣だらけのような気がする。厚志はなんとなく三番機が警告していると感

じていた。

滝川ほどではなかったが、厚志も三番機の感情のようなものを近頃、よく感じる。そう、複座型の左手から不思議な光が発せられ、敵を倒したあの時からだ。複座型はあんな妙な兵器は搭載《とうさい》していない。夢を見ていたんだ、と今では自分に言い聞かせているが、厚志の強靭《きょうじん》な神経は暗黙《あんもく》のうちにそれを認めていた。あれは夢じゃなかった。

「ねえ」厚志は不安を抑えつつ、舞に呼びかけた。

「なんだ?」

「この戦争、どうなるんだろう? 友軍同士で殺し合うなんて」

そんなことは決まっている。崩壊一歩手前だ。指揮系統は混乱し、命令書とやらが乱れ飛んでいる。たとえ先ほどの連中がトーチカ陣地にたどり着いたとしても、そこにへばりつかされ、最後には死守命令が下されるだろう。

主だった敵は国道沿いに熊本市をめざして進撃するだろうから、彼らは取り残され、敵に包《ほう》囲《い》される確率《かくりつ》は高い。戦線の維持《いじ》とは困難なものだ。阿蘇戦区の友軍が壊滅《かいめつ》したために、敵は縦横《じゅうおう》に各戦線を突破し、味方の包囲、殲滅《せんめつ》にかかるだろう。

しかし、今はとにかく5121をまとめることだ。善行は必ず戻ってくる。九州総軍が崩壊の危機にさらされていることを必ずや察知し、戻ってくる。

舞は今さらながら、指揮の難しさを感じていた。できることなら、自分は厚志とともに戦闘に専念したかった。

「聞こえるか、来須。あと三分ほどでそなたらと合流する。異状はないか？」

戦術画面を見ながら舞が通信を送ると、すぐに来須の低い声が戻ってきた。

「戦闘があった。八名戦死だ」

「ふむ。現在は移動を再開しているのだな？」

「ああ、一番機が見えてきた」

無線機を通じて歓声《かんせい》らしきものが聞こえてきた。舞はうなずくと、厚志に言った。

「合流成功だ。我らはできることを精一杯やるしかない」

一番機の傍らに来須と若宮がたたずんでいる。彼らの後ろには銃痕《じゅうこん》の跡も生々《なまなま》しい車両群が控えていた。複座型の姿を認めると、学兵たちは歓声をあげ、手を振ってきた。

「来須さんたちはすごいな」

厚志は舞にささやいた。戦闘員としての存在感が他の兵と圧倒的に違う。あとは新兵と、負傷者ばかりだ。他隊の兵もちらほらと交じっている。総勢四、五十名というところか。厚志の言葉に舞は冷静に応えた。

「これからが大変だぞ。連中の面倒を見なければならぬ」

戦術画面を精細表示にすると、赤い光点が久石付近に点々と見られた。さらには自分たちの現在地である小森付近の県道と並行《へいこう》して走る道にも敵らしき光点が多数見られる。おそらくは菊陽の陣地攻撃をめざす敵だろう。

　士魂号のパワーで強引に戦線を突破してきたが、これからはそうはゆかぬ。時間がない。今は敵と競走するようにしてとにかく戻ることだ。

「時速四十キロにてもと来た道を戻る。トーチカ陣地後方にて整備班と合流し、まずは傷《しょう》病兵《びょうへい》を市内へと送り届けよう」

　舞が拡声器を通じて言うと、またしても兵たちが歓声をあげた。来須はにこりともせず、若宮はといえば苦笑を浮かべてたたずんでいる。来須の姿が車内へと消えた。

「善行はどうした？」

　舞は拡声器を切り、通信に切り替えた。

「音信不通だ。上からの命令もない。ゆえにわたしの判断で動いている」

「了解した」短く言うと、来須からの通信は切れた。

　先頭を一番機が、そして三番機は最後尾を進むこととなった。オフロードバイクが三番機と併走している。頭にネットを被り、九四式機銃を肩に背負った十翼長が乗っていた。

「なあ、覚えているか？　二カ月前に小学校の生徒を助けたろう。俺はその時にあんたらと一緒に戦ったんだぜ」

　十翼長は肉声で三番機に語りかけてきた。

「ああ、覚えていますよ。ええと……」厚志が愛想良く応じると、十翼長は苦笑を浮かべ、

「橋爪だよ」と名乗った。

「今回もあんたらに面倒かけることになるな。にしてもだな、あんたらはよっぽどの物好きだよなあ。もしかして人助けが趣味とか？」

橋爪はべらべらと話しかけてくる。舞は苦々しげに押し黙る。しかたなく厚志は、「趣味ってわけじゃないですけど、自然とそうなっちゃうんですよね」

そう、ため息交じりに応えた。

「そなたとて物好きは同じであろう」

舞は独り言を言うようにつぶやいた。説明はなかったが、この男が病院の連中を救い出したのだろう。それにしても二カ月か。よく生き延びたものだ、と半ばあきれ、半ば感心していた。あの様子では各隊を転々としたのだろう。

隊を失った古参の学兵は、負傷しない限り、まず最前線の部隊へと回される。

古参兵がたったひとりいるだけで、隊の雰囲気は違ってくるし、戦力も二乗倍《にじょうばい》に増加する。そんなわけで古参はせっかく生き延びたと思ったら、すぐにまた生死を賭《か》けた戦闘に身を投《とう》じなければならない。いつかは死ぬ、というわけだ。橋爪とやらはそのギャンブルに勝ち続けてきたのだろう。それはそれで貴重な兵だ、と舞は考えた。

「なあなあ、これからどうするんだ？　なんならあんたらと同行したいんだがな」

「考えておこう」

舞は拡声器のスイッチをオンにすると冷静に言った。

「なんだか様子がおかしいです」

壬生屋から通信が入ってきた。菊陽のトーチカ陣地まであと十キロ余り。例のトラブルがあった小陣地の付近だった。山間部を抜け、南に阿蘇山系の山並を見ながら、あたりは田園と草原に覆われた見通しのよい一帯になっていた。かなたに散在《さんざい》する藪が、春の日差しを浴びて鬱蒼と茂っている。

小陣地は県道から少しはずれたあたりにあった。わずか十五分ほどの間に、兵たちは撤退したか今は人影もなく、しんと静まり返っている。

壬生屋は停止すると一番機の頭をめぐらした。レーダードームが、とある藪の一点に固定される。動悸《どうき》がする。脳内をアドレナリンがめぐり、危険を予感していた。

風もないのに藪がざわめいた。

不吉な音が空にこだました。壬生屋はとっさに藪へと突進、超高度大太刀を振りかぶりながら、「生体ミサイル、来ます！」と叫んでいた。

「速度八十！　走れっ！」拡声器から舞の声。

壬生屋の網膜に三匹のゴルゴーンが映った。それを取り巻くように無数のゴブリン、ゴブリンリーダーが藪の中に密集している。

「参りますっ！」壬生屋は大太刀を振りかぶると、小型幻獣の壁を跳躍し、発射体勢に入った一匹のゴルゴーンを両断していた。爆発が起こり、強酸が小型幻獣の上に降り注ぐ。小型幻獣はそれを合図に一番機を無視して狂ったように、県道へと押し寄せていった。

返す刀でさらに一閃《いっせん》。二匹目のゴルゴーンを撃破したところ、機銃音が起こった。続いて三番機のものだろう、ジャベリン多目的ミサイルの音がこだまして、爆発音とともに視界の端《はし》にオレンジ色の光が明滅《めいめつ》した。

最後の一匹が突進してきた。激突する、と思われた瞬間、一番機は重たげな巨体にふさわしからぬすばやさで避《よ》けていた。同時に大太刀をたたきつける。ゴルゴーンの体は体液を撒《ま》き散らしながら真っぷたつに割れた。

「壬生屋っ！」

舞からの通信。ジャイアントアサルトの射撃音。一番機は引き返すと、身長一メートルそこそこのゴブリンを踏み潰し、蹂躙しながら、大太刀を横薙《よこな》ぎに一閃《いっせん》する。数匹のゴブリン、ゴブリンリーダーがいっきに切り裂かれた。

数分後、唐突《とうとつ》に戦闘は終わった。

負傷した兵が白衣を着た軍医、衛生兵の手当てを受けている。どうやら攻撃を切り抜けたようだったが、遮蔽物のない県道上で敵を迎え撃つのは辛《つら》いことだった。こちらの弾幕をくぐり抜け、車両に躍《おど》り込んだ幻獣と最後には肉弾戦となる。超高度カトラスが、ライフルが、シャベルが敵に振り下ろされ、敵のトマホークは戦車随伴歩兵のウォードレスを鋭く切り裂いていた。

「助かった」舞から声をかけられ、壬生屋は我に返った。

「けれど犠牲者が……」

路面には六名の物言わぬ兵が横たわっていた。慣れぬ白兵戦を強《し》いられた兵と、ウォードレスをまとっていない傷病兵だった。

「そなたが発見しなければ生体ミサイルをまともに食らっていた。すまん、どうやらレーダー系統の具合が悪いらしい。敵が映ったり映らなかったり」

「あ、こちらこそすいません……」わたくし、戦術画面を使った戦闘は苦手で、と言おうとして壬生屋は顔を赤らめた。

「戦術画面をオンにします。あの本当に……」

六人もの犠牲者をいっぺんに出してしまった。頼られていたのに。守らなきゃいけなかったのに、と壬生屋は唇《くちびる》を噛み締めた。

「壬生屋さん、自分を責めないで」厚志の声がした。

「押し寄せてくるゴブリンの大群を完璧に封じるなんて無理なんだよ。これまでそういう戦闘は少なかったけど、ね」

厚志は割り切っているようだ。

これまでは中・大型幻獣との戦闘が中心だった。傷病兵を、あるいは歩兵を守るというよりは、友軍のためにあらかじめ中・大型幻獣を倒しておくという戦闘だった。

だから、路面に横たわった死体は、壬生屋にとっては生々し過ぎた。

この後味《あとあじ》の悪さを消すためには、敵を斬《き》って斬りまくるしかないのだろうか？

壬生屋の青い瞳に瞬間、憎悪の焔《ほむら》が灯った。

「こちら瀬戸口だ。現在、トーチカ陣地後方一キロ。小谷《こだに》の交差点《こうさてん》付近まで進出している」

　瀬戸口の声が聞こえた。

「ふむ。何かあったか？」舞が尋ねると、瀬戸口は「ま、それはあとで」と言った。

「陣地付近での戦闘はほぼ終わったようだ。とりあえず、敵さんは目的を達したようだしな」

「あの……どういうことでしょうか？」

　思わず瀬戸口と舞の会話に割り込んでいた。

「元気にしてたか、壬生屋。なあ、くよくよ悩んだってしょうがないぞ。これからの戦いはきれいごとじゃ済まなくなる」

「きれいごと？」

「ああ、どうやら司令部は阿蘇の友軍救出を放棄したらしい。今もトーチカ陣地から部隊が撤退しているところだ。目の前をトラックが通り過ぎてゆくよ。……熊本空港を守るためと、時間稼ぎのための部隊を残して、な」

「きれいごとってなんです？」壬生屋の声が険しくなった。

「壬生屋、落ち着け！」舞が一喝《いっかつ》する。

「瀬戸口の話を聞くのだ」

「知っている部隊があったんでな、聞いてみたんだ。すると、トーチカ陣地を守る隊は本日一四〇〇時をもって命令書を開け、だとさ。その隊の命令書には、市内への撤退と、とある防御陣地へ展開すべしと書かれてあった」

「ふむ。ならばトーチカ陣地に残った連中はどうなのだ？」

「空の玄関口を防御せよ、とのことだった。念のために、陣地に残っている隊に問い合わせたんだ。万が一の場合はと聞いたら、空輸《くうゆ》で撤退させてくれるでしょう、だとさ」

瀬戸口の口調に皮肉が交じっているのに壬生屋は気づいた。命令は「防御せよ」までで、空輸云々《うんぬん》は戦闘部隊の希望的観測《きぼうてきかんそく》だ。

頭が冷えてきた。くよくよしている場合じゃないと思った。

「わたくしたちにはなんの命令も下されていないのですか？」

壬生屋は努めて冷静な声を出した。

「ああ、それなんだがな。司令部から一通の命令書が届いているよ。必ず司令の手で開封《かいふう》してくださいなんてもったいつけていたけどな」

「ならば急ごう」と舞。

「もう開けてしまったもんね」

あっけらかんと言う瀬戸口に、しばし沈黙があった。

「……たわけめ」舞の苦々しげな声。

「ははは」

瀬戸口の軽《かろ》やかな笑い声がコックピットに響き渡った。不謹慎《ふきんしん》な……。けれどこんな状況だというのに、瀬戸口の声を聞いていると何故か安心する。壬生屋の顔から険しさが消え、素《す》のままのやさしげな顔になった。

「不謹慎です」壬生屋はつぶやくように言った。

「それで、命令書にはなんと？」舞の声はさほど怒っているようには聞こえなかった。

「開封後、ただちに熊本駅に向かい、曙《あけぼの》号に乗車せよと。それだけだ。どうやら俺たちを待って待機しているらしいな」

曙号とは、熊本と本州を行き来する自衛軍直属の装甲列車だ。本州から兵と資材を運搬し、代わりに傷病兵などを乗せて戻る。武装も充実し、沿線《えんせん》に出没《しゅつぼつ》する幻獣を撃退することもしばしばであるという。

「解《げ》せぬな」舞は短く言った。

「ああ、だから移動中、姫さんに考えてもらおうと思ってな。裏の意味を。まあ、詳しくは合流してから話そうじゃないか」

「ふむ。それと、森に言っておけ。レーダーの調子がおかしい。到着しだい、点検修理にかかるようにと。それではこれからそちらに向かう」

「了解した」

瀬戸口からの通信は切れた。列車に乗れって？　裏の意味って何かしら？　壬生屋は首を傾げたが、ほどなく考えるのは芝村さんに任せておこうと周辺の警戒に神経を集中した。

「解せぬ。解せぬな」

舞は九州総軍の戦略画面を見つめながら、しきりにつぶやいた。九州南部はほぼ幻獣側の支配地域となり、ここ中部域戦線でもじわじわと敵の支配圏《しはいけん》が広がりつつある。広大な阿蘇及び阿蘇特別戦区はほぼ敵の支配するところとなった。

しかし、データでは包囲された部隊は皆無《かいむ》、全軍が脱出、戦線の縮小《しゅくしょう》に成功したという。まさかな、と思った。むろん、衛星からの画像のハッキングは「電子の女王」である舞だからできることで、一般の兵の多くは国道上のあの悲惨《ひさん》な状況を知らないだろう。

本来なら突破された地域の救援《きゅうえん》として、5121小隊は東奔西走《とうほんせいそう》の働きをしていなければならない。5121が登場するだけでたいがいの戦線は戦力比が大きく変わってくる。

何故、我らを利用しない？

それがひとつめの疑問だった。

そしてさらに解せぬのは「命令書」とやらだ。封印された命令書を一定の状況下、一定の条件を満たした場合開くという方法はよくあるが、誰がいつどのような基準でそんなことを命じたのか？　少なくとも自分たちは何も聞いていなかった。

それがふたつめ。

最後に待っていた命令が、ただ「列車に乗れ」とはどういうことであろう？　現在、最も必要である我らを列車に乗せてどうしようというのか？　司令部は何を考えているのか？

これが最後の疑問だった。

「否《いな》、まだあるぞ」

舞は静かにつぶやいた。善行と原のことだ。メールとやらが善行の自宅から発信されているが、「中央への出張が急遽《きゅうきょ》決まりました。司令代理として隊を頼みます」との簡単なものだった。その後、まったく音信がないのが不可解だ。

「厚志よ、我らは見えない力に翻弄《ほんろう》されているとは思わぬか？」

舞は黙々と操縦を続ける厚志に話しかけた。厚志が身じろぎする気配がした。

「よくはわからないけど、なんだか水面下っていうの？　いろいろな思惑が絡《から》んでいるような気がするよ。準竜師も今日は全然、連絡してこないし」

芝村準竜師は5121小隊の総責任者であり、後援者、パトロンに当たる。善行が稼働率が低く廃棄寸前の試作実験機による小隊の編制を実現することができたのは芝村準竜師の力によるところが大きい。

「ふむ。それもあるな」

実は何度か連絡を試《こころ》みているが、そのたびに副官のウィチタが出てきて、準竜師はただ今、多忙《たぼう》につき、ご用件をうかがいますとのことだった。

「けどさ……」厚志の声がやけに明るくコックピット内に響き渡った。

「何度でも言うけど、君は君の信じることをやればいいんだよ。そのために僕がいる。たとえ何があっても僕は平気だよ」

「たわけ」

そんな当たり前のことを口に出すな。

「整備班が見えてきました」

壬生屋から通信が入った。顔を上げると、整備班の傍らには二番機の姿があった。ジャイアントアサルトを構えて、周辺を警戒している。

「はは、ずいぶん大所帯《おおじょたい》になっているな。芝村、おまえさん、案外《あんがい》人に好かれるのかもな」

瀬戸口の軽口が聞こえてくる。帰ってきた。瀬戸口の声に安堵を覚えながら、舞は通信を返していた。

「ふむ。連中の世話はそなたに任せる」実は冗談のつもりであった。

「俺が？　やれやれ人遣いの荒い司令代理殿だな」

冗談が通じた……。

舞は口許を緩《ゆる》めると、「パイロットは一時降車して小休止。点検修理後、熊本駅へと向かう」と通信を送った。

熊本市街　一五〇〇

熊本市内は各戦線から流れ込んできた兵と車両であふれていた。

すべてのものが忙しげに動き、当面の目的を達成すべく最善《さいぜん》を尽くそうとする。

しかし、そこには統制《とうせい》はなく、方針《ほうしん》もなかったから、隊同士、兵同士の思惑《おもわく》がぶつかり合って、混乱を深めるばかりだった。

厚志はぼんやりと市内の喧噪《けんそう》を見守っていた。

どこかで兵同士が喧嘩《けんか》でもしたか、ピリピリと笛《ふえ》が鳴って、憲兵《けんぺい》たちが駆け去ってゆく。交差点では出合い頭《がしら》の事故を起こした車両の兵同士が互いの非《ひ》をまくしたてている。本来ならこの種の揉《も》めごとを解決すべき交通誘導《ゆうどう》小隊の兵が、そんな様子をおろおろと見守っている。

誘導手を失った車両の群《むれ》がクラクションを鳴らして、強引に道を進もうとする。後部座席から舌打ちが聞こえた。舞は拡声器のスイッチをオンにすると、

「誘導小隊、何をしている！　とっとと交通整理をせんか！」と叱咤《しった》した。

士魂号からの呼びかけに、誰もが驚いて巨大な人型戦車を見上げた。叱咤された兵はトラブルを放ったらかすとあわてて交差点の真ん中に立ち、交通整理をはじめた。

熊本駅をめざす５１２１小隊に、誰もが道を譲《ゆず》った。士魂号は半ば《なか》伝説の存在である。はじめて見る者は必ず畏怖《いふ》の念に駆られるらしい。

「また熊本城決戦みたいな戦いになるのかな」

厚志は何気なく舞に話しかけた。舞は、「ふむ」とうなずくと、

「今回は戦略も作戦も何もない。あるとしたら個別の死守《ししゅ》命令だろうな」

冷静な声で言った。

「え、それって……」ひどいじゃないか、と言おうとして厚志は言葉を呑み込んだ。舞の説明と、戦術画面からおおよその状況はわかっている。

熊本市は当然のことながら九州中部域戦線の要《かなめ》である。この地が陥落《かんらく》すれば、中部戦線の交

通、連絡は動脈硬化《どうみやくこうか》を起こしたように麻痺《まひ》する。なんとか市と名がつき、人が多く住んでいる町は必ず交通の要衝《ようしよう》にある、と舞は以前、教えてくれた。

「熊本市内で粘《ねば》りに粘って、自然休戦期まで持ちこたえる。そんなところだろう」

「その割には陣地の数が少ないような」

街の風景を眺めながらも厚志はめざとく防衛施設を観察していた。なんだか思考が舞に似てきたよな、と厚志は密《ひそ》かに苦笑を洩らした。

「熊本城決戦の時には、敵を包囲殲滅《せんめつ》するという作戦目標があった。わたしが見る限り、今の司令部の方針はどっちつかずだな。守備についている兵は思ったより少ない」

「そうだね。戦車の数も少なくなっている」

言いながら、厚志は「僕たち、こんな話ばっかりだな」と自分で自分にあきれていた。

……これが厚志と舞のいわゆる「親密な会話」というものだった。ふたりとも恋という概《がい》念《ねん》を知らないし、愛というものを実感したこともない。ふたりの間に流れるのは、ただ、離れ難く分かち難く、ふたりでひとつという強固な意思と確信だけだ。

僕には人として何かが欠けている、と厚志は常々《つねづね》思っていた。戦闘時には自《みずか》らの恐れや不安といった感情を完璧に制御《せいぎよ》し、純粋な戦闘機械として判断し、行動する。厚志の操縦は一瞬の迷いもためらいもなく、舞の射撃も正確無比《せいかくむひ》に敵をとらえる。

戦闘を重ねるにつれ、厚志は自分のそんな「業《ごう》」のようなものを感じていた。滝川や茜のような、感情的で子供っぽい性格の親友がいることは彼の救いでもあったのだ。

「厚志よ」そんな厚志の思いを察したかのように、舞が話しかけてきた。

「なに？」

「自然休戦期になったら、あー、ひ、久しぶりにデエトをせぬか？」

デエトねえ。厚志は微笑んだ。

「また図書館？」

「休暇《きゅうか》を取って東京へ行く。実はな、東京の寄生虫《きせいちゅう》博物館に常々《つねづね》行ってみたいと思っていたのだ。その帰りに、そうだな、動物園に行こう」

舞は生き物が好きだ。動物も好きだが、とりわけ寄生虫に知的興味をそそられるらしい。なんなんだかなと厚志は思うが、趣味なんだからしょうがない。

「東京かぁ、行ったことないな」

「わ、わたしが案内しよう。大丈夫だ、電車くらいは乗れる」

舞の案内じゃ不安だな、そもそも電車に乗ったことあるのと言おうとしてやめた。言えば、自分の「世間知らず」にコンプレックスを持っている舞は後部座席からキックを飛ばしてくる。

「じきに熊本駅に到着する。貨物駅《かもつえき》のゲートから進入しよう」

瀬戸口から通信が入った。

正面に熊本駅の正面玄関が見えている。トレーラーは大きく左へ曲がる。線路沿いに、軍の物資集積所を横目に貨物駅へと向かう。貨物駅のゲートには物々《ものもの》しい監視塔《かんしとう》が設けられ、鉄道警備小隊の兵が目を光らせていた。

警備小隊の兵に案内されるままに、5121小隊の車両群は曙の停車位置へと移動した。

「ひとつ質問があるのですが……」

警備小隊の百翼長が、車両を誘導しながら言葉を発した。ぎくり、として補給車に乗っていた森と中村は顔を見合わせた。狩谷は苦い顔になる。整備班《せいびはん》と鉄道警備《てつどうけいび》小隊の因縁《いんねん》は深い、というより、警備小隊が守る物資集積所に整備班はたびたび非合法《ひごうほう》の「物資調達」に赴《おもむ》いていた。仲間うちで言う「イ号作戦」というもので、これがなければ士魂号の部品は手に入らなかった。中村光弘が指揮するところの神出鬼没《しんしゅつきぼつ》の整備班に、鉄道警備小隊は散々《さんざん》振り回されていた。

しかし、百翼長はまったく別のことを尋ねてきた。

「ずいぶんと大所帯《おおじょたい》に見えますけど。5121さんの客車は一両だけですよ」

百翼長は、車上の傷病兵と救急車を疑念《ぎねん》の目で見た。総勢五十名は超えるだろう。

「まあ、まあ、気にせずに。車両を搭載《とうさい》するスペースはあるんだろうな？ 貴重《きちょう》な兵器だからな、警備を厳重《げんじゅう》に頼むぜ」

瀬戸口がとぼけた口調で逆に尋ねた。

「もちろんです。士魂号には一個小隊の警備がつくことになっています」

百翼長はプライドを傷つけられたように、むっとして言った。見れば小隊員が車両を貨車に搭載する準備をしているところだった。

士魂号はトレーラーごと貨車へと搭載された。他の車両もすっきりと貨車へと収まった。

「さすがにプロだねえ」瀬戸口が百翼長を冷やかすと、百翼長は苦笑してみせた。

車両から降り立った兵が次々と客車へと向かう。整備班が客車へと向かおうとした時、百翼長は何気ない顔でつぶやいた。

「ああ、これでやっと物資集積所の仕事が楽になる」

ぎくりとして、中村らは足を止めた。全員、おそるおそる百翼長の顔色をうかがった。

「長い間、ご苦労様です」

百翼長はにやりと笑って、整備班の面々に敬礼を送った。

パイロットたちも士魂号から降りて、客車へ乗り込むことになった。客車は鉄板が剝き出しになった武骨なつくりだが、広々としていた。

「今日はしんどい一日だったばい」

中村がため息をつきウォードレスを脱ぎだすと、整備班の面々も次々とウォードレスを脱ぎはじめた。そんな様子を舞は苦々しげに見た。

島村が物問いたげに来須を見上げた。来須は黙って、首を横に振った。最後の傷病兵が客車に担ぎ込まれると、「乗車完了」と舞は乗降口《じょうこうぐち》から百翼長に言って、敬礼《けいれい》をした。

百翼長も敬礼を返すと、出発合図の笛を鳴らした。

ごとん、と車体が揺れて曙号は発進した。コンテナ群が集積された貨物駅の風景がゆっくりと流れてゆく。車窓からなお混雑する駅の風景を見ながら、舞は瀬戸口に言った。

「無線機は運び込んであるか？」

「ああ、指揮車の予備《よび》を持ってきてある。ま、しばらくは列車の旅を楽しもうじゃないか。酸《さん》素《そ》不足が問題だけどな」

瀬戸口は冗談か本気かわからぬ口調で言った。客車は立錐《りっすい》の余地もなかった。傷病兵と混成小隊を優先して座らせ、5121の隊員たちは立っていることにした。

「列車に乗るなんて久しぶりだよー。ね、ね、僕たちこのまま本土に引き上げるんでしょ？」

新井木が弾んだ声で舞に尋ねた。子供のように、車窓に顔を近づけて、移り変わる風景を眺めている。舞は苦々しげに新井木を見やった。

「我らは列車に乗れ、と命じられただけだ。勝手な憶測《おくそく》を口に出すな」

「けどさ、僕、調べたんだけど、曙号って熊本と広島《ひろしま》の間を一日一往復《おうふく》するんだよ。えっとね、途中駅は福岡《ふくおか》と門司《もじ》と岩国。僕、広島でお好み焼き食べたいな」

馬鹿め馬鹿め馬鹿め。舞の顔がひくついた。

こやつの頭には特殊な寄生虫でもわいているのだろうか？

状況をまったく理解していない。舞はぎゅっと拳を握りしめた。

「ふ。お好み焼きだなんて、子供だな。君は食べることしか考えていないのか？」

茜が小馬鹿にしたように薄笑いを浮かべて言った。

「こら、大介！　座ったらだめじゃない！　混成小隊の人たちに譲ってあげないと」

森が茜をにらみつけた。

「あの……わたしたちのことは気になさらずに」島村が遠慮《えんりょ》するように言った。

「うん、気にしてないよ。僕だって連日の激務《げきむ》で疲《つか》れているからね」

大まじめで言う茜の頭を森はこつんとやった。

「混成小隊の人たちは、昨日からずっと戦ってきたの！　譲ってあげなさいっ！」

「なあ、こんなところで姉弟喧嘩《きょうだいげんか》はみっともないぜ。茜さ、おまえ、ウォードレスを脱いだぶん楽《らく》になってるじゃん」

滝川が取りなすように口をはさんだ。

舞はといえば、苦虫《にがむし》を嚙み潰したような顔で押し黙っている。厚志はちらちらと舞の不機嫌な様子をうかがいながら、「しょうがないよ」と耳元でささやいた。

「たわけ。修学旅行じゃないんだぞ」

「だったら、茜をどうするの？」

「ふむ。こうしてやる」舞はのほほんと席に座っている茜に近づくと、耳たぶを引っ張った。

「わああ！　な、何をするんだ！　耳がちぎれるじゃないか！」と茜。慎重《しんちょう》に加減しているとはいえ、ウォードレスの人工筋肉で補強された指先でつかまれて、悲鳴をあげて立ち上がった。

若宮と田代の哄笑《こうしょう》が車内に響き渡った。

「この暴力女！」

「違うな。暴力司令代理だ」舞は澄ました顔で、茜を無理矢理起立《きりつ》させた。

「茜、逆らうな。芝村は本気だぜ」滝川がおろおろして言った。

「くそ、君は芝村の味方をするのか？」茜は赤く腫《は》れ上がった耳たぶをさすりながら、恨みがましく滝川を見た。

「ねえ、仲間うちで騒ぎはやめようよ」厚志がとりなすように言った。

「嫌だ、嫌だっ！　僕は座りたいんだっ！」茜は駄々《だだ》をこねるように地団駄《じだんだ》を踏んだ。

「まったく妙な連中だよな」

橋爪が鈴原にぼやくように言った。鈴原は座席を提供され、橋爪はその傍らに立っている。

鈴原は何事か考えていたらしく、「ん、ああ……」と曖昧《あいまい》にうなずいた。

「なんだよ、先生。元気がないぜ……って当たり前だよな。悪《わり》ィ」

橋爪が謝ると、鈴原は「ふん」と鼻を鳴らした。

「謝るなんて、生意気な坊やらしくないな」

「坊やはやめてくれよ。こう見えても、先生よりはよっぽどすれてるぜ」

橋爪はわめきたてる茜と、無視を決め込んでいる舞を横目に見ながら言った。

「こんな馬鹿げた戦争に疑問を感じないというのが坊やだというのさ。徴兵されて、右も左もわからんうちに殺しだけは上手《じょうず》になったってわけだろう。その銃を手放せばただの坊やだよ」

「なんだって……」

橋爪は鈴原の言葉に耳を疑った。

戦争に疑問を感じる？

そんな暇《ひま》も余裕もなかった。

疑問を感じれば、敵は襲ってこないのか？　殺しをしなくて済むのか？

鈴原はと見れば、冷笑を浮かべている。

「世間知らずの先生に、そんなこと言われる筋合はないぜ」

「おまえの言う世間とやらは、戦場だろう。戦場で命のやりとりをすれば世間を知っていることになるのか？」

こう切り返されて、橋爪は一瞬、言葉に詰まった。徴兵される前は、むろん、学校と家を往復するだけの日常だった。

だから、なんだっていうんだ？　しょうがねえだろ、そんな生活からいきなり戦場に投げ込まれたんだから。不機嫌なひっつめ女にやり込められてたまるかよ。けど、なんか気になるんだよな、この先生。俺って年増好《としまごの》みだったのか？　可愛いっていったら、前の席で居眠《いねむ》りしている看護婦さんじゃなかった、飯島看護兵のがよっぽど可愛いぜ。くそ、この女。

橋爪は鈴原をにらみつけた。

鈴原は涼しい顔をして、再び物思いにふけりだした。

「その……婚約者というのは、どんな人だったんだ？」口に出してしまって、橋爪は後悔した。

「今の質問、なしな」そう続けると、鈴原の席を離れようとした。

「あちらの世界に行ってしまったよ。元々、その傾向がある人間だった」

鈴原の静かな声が聞こえた。橋爪は自己嫌悪《けんお》に駆られて、鈴原から顔を背《そむ》けた。そして、まだ騒いでいる茜らに向かって、「うるせえ！」と怒鳴った。

ビクリと身を震わせ飯島が目を覚ました。茜は驚いたように、客車の隅へと視線を向ける。

「なんなんだ、君は?」

「こっちには病人もいるんだ。少しは静かにしてろってんだ。この、僕ちゃん半ズボン!」

ぷっと吹き出す音がして、整備班の面々が笑いをこらえる。茜の顔が見る間に青ざめる。

「ぼ、僕ちゃん半ズボンだと? おまえみたいな逆モヒカンにそんなこと言わせないぞ!」

橋爪の頭は真ん中辺の髪が芝刈《しばか》り機で刈り取られたかのようにばっさり刈られ、大きな脱脂《だっし》綿《めん》が張りつけられている。その上にネットを被っているからお世辞《せじ》にもまともとは言えない。

くっくっく、と鈴原の笑い声が聞こえた。

「逆モヒカンはよかったな。ちょっとばかり髪を刈り過ぎた」

車窓に映る自分の姿をおそるおそる見て、橋爪はぎょっとした。格好悪過ぎる! くそ、せめて帽子でもあれば。すっかり茜のペースに巻き込まれ、橋爪は怒鳴り返した。

「ばっかやろう、こいつは名誉《めいよ》の負傷《ふしょう》ってやつだ! おまえみたいななまっちろい半ズボン野郎とはみっともなさのレベルが違うんだ!」

「くそ、言ったな!」

みっともなさにレベルなんてあるのか、と厚志と滝川は顔を見合わせた。

芝村はといえば、心頭滅却《しんとうめっきゃく》してことさらに涼しげな顔をしている。幼稚園以下、否《いな》、動物園以下だ。森が茜の髪の毛を引っ張った。

「大介、本当に静かにしないとひどいわよ。病人が乗っているの、この列車には」

「どうして僕ばっかり! くそ、恨んでやる恨んでやる」

茜が憤然《ふんぜん》として森をにらみつけた時、ごとん、と音がして列車が急停車した。悲鳴があがって隊員たちは折《お》り重《かさ》なるようにして倒れた。

乗降口付近にいた若宮が、扉を開けると、屋根の上の機銃座に陣取《じんど》った警備兵に尋ねた。

「どうした？」

警備兵が応える間もなく、九四式の甲高い機銃音が聞こえてきた。次《つ》いで高射機関砲の重低音が真っ青な空にこだまする。百メートルほどかなたには大牟田《おおむた》駅のホームが見える。

「貨物駅の方角に敵襲！　各自戦闘準備せよ！」

警備小隊の隊長が、よく通る声で叫んだ。舞は厚志をうながすと、外へと飛び出した。

「状況は？」

「貨物駅物資集積所に幻獣が侵入。ただ今、駆逐《くちく》中とのことです」

砲塔《ほうとう》のハッチから身を乗り出した隊長が、舞に視線を向けて言った。「ちょっと待てよ……」

隊長はつぶやくと、友軍からの通信に耳を傾けた。

「救援要請《ようせい》です！　敵は有力な中型幻獣が多数」

「出撃する」

舞と厚志に続いて、壬生屋が、少し遅れて滝川が車外へと降り立った。客車では森と茜が騒騒しく罵り合う声が聞こえてくる。ウォードレスの着替えに大わらわなのだろう。

「来須、若宮、先発してくれ」

「ん」

来須は短く応じると、若宮とともに物資集積所の方角に消えていった。

「整備班は補給車を中心に展開せよ。島村以下は客車に留まり、傷病兵の護衛《ごえい》を頼む」

「はいっ」島村の声が心なしか、元気良く響いた。

舞と厚志が警備の兵を押しのけるようにして士魂号のコックピットにすべり込むと、戦闘指揮車がエンジン音を響かせ強引に貨車から降り立った。強靭なサスペンションに支えられ、指揮車はわずかにバウンドしたに止《とど》まった。

神経接続《しんけいせつぞく》、そして士魂号と接続する際の浅くけだるいグリフと呼ばれる夢を見たあと、舞と厚志の耳に瀬戸口の声が響き渡った。

「戦闘準備はオッケーかな?」

「一番機準備完了です」

「いつでも行けるぞ」舞が応えると、瀬戸口は説明をはじめた。

「物資集積所に侵入した敵はミノタウロス五、ゴルゴーン三に小型幻獣。きたかぜゾンビらしき高速の敵が西から接近しつつある」

轟音《ごうおん》がとどろき、集積所の方角で爆発が起こった。若宮だろうか、どん、どん、と十二・七ミリ機銃の音が響く。

「銀ちゃん、ゴルゴーン一、撃破」東原ののみの声が戦果《せんか》を告《つ》げる。

「我らも行くぞ。滝川……?」

舞は滝川に声をかけた。応答はなかった。複座型で大地に降り立ちレーダードームをめぐらすと、二番機はトレーラー上にひざまずいたまま動かなかった。

「グリフか。やつのグリフは長いからな」

「しょうがないよ。人それぞれだからさ。僕たちだけで行こう」

厚志は舌打ちする舞をなだめるように言った。

「わたくし、参りますっ！」壬生屋の高ぶった声が聞こえた。漆黒の一番機は、超硬度大太刀を引っさげ、地響きを響かせて駆けていった。


滝川は夢の中をさまよっていた。

夢の中の町。自分が生まれ育った町だった。よく見る子供の頃の夢ではなかった。今の、等《とう》身大《しんだい》の自分が、あてもなくさまよっている。

また落ち込んじまったか？

自分の夢は長く、起動に時間がかかることは知っていた。季節はなぜか夏の白昼《はくちゅう》。陽炎《かげろう》のようなものが、ゆらゆらと立ち昇っている。

「迷っているのね」

その中から純白《じゅんぱく》の地にレースに縁《ふち》取られた日傘《ひがさ》をさした女性が現れた。傘に隠れて顔は見えなかったが、真っ赤なルージュをひいた唇が笑みをたたえている。

「俺は別に。こんなところ早く抜け出したいんだけど……」

「あの子が死ぬ間際《まぎわ》にあなたのことを頼まれたのよ。弱くて脆《もろ》い子だけど、助けてあげてって。

弱いことは恥ずかしいことじゃないけど」

女は滝川の言葉を無視して、そう言った。なんとなく切なく懐かしい感じがした。滝川はほんやりと立ち尽くした。

「行かなくちゃ、ね」

女の言葉に、滝川ははっとした。自分の心の奥にいつのまにかどんよりとへばりついていた臆病さを指摘されたような気がした。

「……君？」別の声が聞こえた。滝川の目の前で、女はふっと姿を消した。

「聞こえますか、滝川君」そうだ、森の声だ。どうして森が俺の育った町にいるんだ？

「どこにいるんだ、森？」

「もう！寝ぼけてないで、夢から覚めて！一番機と三番機は出撃しました。わたし、今、補給車から通信を送っています」

まずった！

滝川は意識を取り戻すと、すぐに網膜《もうまく》に銀色に光る線路と、鉄道沿線のくすんだ街並が映った。

「滝川、両機を追いかけて芝村の指示に従え」瀬戸口の声が聞こえた。視線を転じると、前方五十メートルほどのところに戦闘指揮車が停まっていた。

二番機はトレーラーから降り立つと、ジャイアントアサルトを構え、硝煙《しょうえん》と炎が立ち昇る戦場へと駆けていった。

視界に真っ先に飛び込んだのは、生体ミサイルの直撃を受けて燃え上がる列車だった。脱出し、力尽きた兵が点々と地面に倒れ伏している。強酸を受けたコンテナ群が、溶けて煙をくすぶらせている。

「滝川、二時の方向にミノタウロス二。現在、壬生屋が渡り合っている。支援射撃を頼む」

舞から通信が入ってきた。方々《ほうぼう》に足留めを食らった列車が停車して、パニックに陥った兵らが逃げ惑っている。戦っているのはごくわずかのようだった。

二番機は列車をまたぐと、二時の方角へと駆けた。途中、ゴブリンら小型幻獣の群れと遭遇したが蹴散らしつつ、ホームの陰にすべり込んだ。壬生屋の一番機が、一体のミノタウロスに超硬度大太刀をたたきつけた。体液を肩からしたたらせながら、ミノタウロスはなおも一番機をとらえようとする。一番機は巧《たく》みに逃れるが、二十メートルほど離れてもう一体のミノタウロスが生体ミサイルの発射準備をしていた。

左手のジャイアントバズーカの照準《しょうじゅん》を合わせる。距離二百。ホームを盾《たて》としつつ、膝《ひざ》をついた安定した姿勢で二番機はバズーカを発射した。

轟音がして、ミノタウロスは跡形もなく爆発し、四散《しさん》した。同時に一番機の大太刀もようやくミノタウロスを両断していた。

「助かりました、滝川さん！」壬生屋の声。

「へっへっへ、調子《ちょうし》悪そうだな、大丈夫か？」

普段の壬生屋なら、一撃でミノタウロスを葬《ほうむ》ることもしばしばだった。

「これからです。これから、調子を取り戻しますっ！」壬生屋はそう言うと、新たな敵を求めて駆け去った。

「くそ、どうなっているんだ？」

若宮は敵味方が入り交じった戦場の様子に顔をしかめた。見晴らしのよい管理棟《かんりとう》ビルの屋上に陣取《じんど》って、十二・七ミリ機銃で、密集し浸透を続ける小型幻獣を薙ぎ倒したが、敵は貨物駅のそこかしこで友軍と乱戦を繰り広げていた。

陣地は孤立し、監視塔《かんしとう》の銃座《じゅうざ》は目の前の敵を撃ち続けるだけだった。炎が上がって、ミサイルの直撃を受けた監視塔がゆっくりと倒れていく。

来須は三番機と組んで、遠距離からミサイルを発射し続けるゴルゴーンを倒しに貨物駅のさらに遠方へと赴いている。

若宮の視界の隅に、列車から脱出し、逃げ惑う兵らにゴブリンの大群が襲いかかる光景が映った。方向を変えると機銃を、銃身が焼けそうになるまで撃ち続けた。

「三番機ゴルゴーン撃破、同じく来須百翼長、ゴルゴーン撃破。頑張って、銀ちゃん！」

東原ののみの声があどけないなりに切迫《せっぱく》する。同時に、精細な戦術画面を表示、貨物駅一帯に広がる敵の赤い光点《こうてん》を確認した。

「ここにも来るよ！」

「ああ、わかっている。島村さん、おっつけ敵が襲ってきます。頼みますよ」

「あ、は、はいっ……」島村は震え声で通信を返してきた。大丈夫かな、と瀬戸口が首を傾げると、曙号に搭載されたありとあらゆる火器が火を噴いた。

「指揮車、一時、待避《たいひ》！　曙号に車体を寄せるんだ」

「はいな」運転席の加藤が、ギアチェンジをすると猛然《もうぜん》とバックした。

それまで機銃座にいた石津《いしづ》萌《もえ》が、ハッチを閉めて、じっと瀬戸口を見つめた。

「たくさん……来る」

「オッケーだ、石津。東原のことを頼む」

瀬戸口はヘッドセットを装着したまま、石津と交替し、機銃座に陣取った。戦闘指揮車は本来は二五ミリ機関砲を標準装備としているが、5121小隊の指揮車は部品を寄せ集めて再生したものだ。七・七ミリ二連装の機銃を整備班がどこからかくすねてきて、装備してある。

瀬戸口の目の前に小型幻獣の群れが迫った。引き金を引くと、二連の火線が敵を薙ぎ倒してゆく。銃座を旋回《せんかい》させながら、瀬戸口は引き金を引き続け、弾幕を張った。

橋爪が乗降口付近のレバーを引くと、分厚《ぶあつ》い鉄板がスライドして客車に幅五十センチほどの銃眼《じゅうがん》が現れた。乗降口の扉をしっかりと閉じると、橋爪は銃眼のひとつから九四式機銃を突き出し、引き金を引いた。薬莢《やっきょう》が激しい勢いで客車内に飛び交う。わっと声がして、薬莢を顔面に受けた傷病兵が悲鳴をあげた。

「各自《かくじ》、銃眼から敵を狙撃《そげき》するんだ。非戦闘員は伏せていてくれ」

橋爪が叫ぶと、島村が這いながらこちらに向かってきた。

「わ、わたしもお手伝いします」

「じゃあ、給弾手《きゅうだんしゅ》を頼む。一定の方向から弾帯を吸い込まねえと機銃がジャムることがあるからな」

島村は橋爪の左に立つと、橋爪の腰に装着された弾倉をはずし、手で弾帯を送りはじめた。

「その調子！　安心しろ、敵は小型幻獣ばっかりだ。この装甲列車にゃ一歩も踏み込めねえ」

橋爪は独立混成小隊の兵らに向かって叫んだ。その声に安心したか、兵らの顔から不安の色が消え、銃眼から、冷静に敵を狙い撃ちしはじめた。

そうだ、その調子。橋爪はもう一度、未熟《みじゅく》な兵を励ました。装甲列車に引きつけられた小型幻獣は火中に飛び込む虫のように、屍《しかばね》の山に変わっていった。


「なあ、姉さん、どうするんだ？　客車まで戻らないとやられちゃうぞ」

整備班は、安全な列車内を飛び出して、士魂号を送り出していた。車両は列車の横に露出し、自分たちは機銃ひとつ持っていなかった。

「そうね、そうね、……すぐに戻らなきゃ」森は震える声で、つぶやいた。

「客車に指揮車の予備の無線があったはずだ。すぐに連絡を取ろう」

狩谷が補給車の後部座席から言った。

「聞こえますか、5121小隊整備班です。これからそちらへ避難します」

しばらく間《ま》があって、島村の声が聞こえた。声が明らかに震えている。

「だめ……、だめです。撃っても撃っても幻獣が押し寄せてきて。ゴブリンが客車の屋根の上を飛び跳ねているんです。今、こっちに来たら大変です」

「わ、わかりました……」

森も震える声で応じた。客車から整備班が展開している車両までは五十メートルは離れているだろう。しかも幻獣が押し寄せてくる反対側に展開していたから、客車の模様はよくわからない。森は茜に言った。

「ねえ大介、補給車の上に登って、様子を見てくれない？」

「そ、そりゃかまわないけどさ……」茜はビクリと身を震わせた。こんな時に中村君か岩田君でも一緒にいればな、と森は悔やんだ。どうしよう……。

「わかったよ。上がればいいんだろ、上がれば」

茜は自棄《やけ》になったような口調で、ドアを乱暴に押し開けると、すぐ後ろについている把っ手《とって》に手をかけた。小柄な体がするすると屋根の上へと登ってゆく。

列車の砲塔からか一二〇ミリ溜弾がすさまじい音をたてて爆発した。「きゃっ」森は悲鳴をあげると運転席に突っ伏した。

「姉さん、すごいよ！　客車のまわりでゴブリンが飛び跳ねている。餌《えさ》にたかるアリみたいだ。ゴブリンリーダーが乗降口をトマホークでたたいている」

ゴブリンリーダーは身長二メートル。小型幻獣の中では手強《てごわ》い部類だった。

「それで……島村さんたちは無事なの？」

森の顔は引きつっていた。こわかった。こんな近くに敵を見るのは、熊本城攻防戦の時以来だ。けれど、あの時は陣地に守られていたし、来須さんと若宮さんがいてくれた。そして原さんが……。

「客車は戦車並の装甲だから大丈夫だと思うよ。けど、ドアを破られたらやばいかな」

「どうするんだ、森？」狩谷が妙に冷静な声で尋ねてきた。

どうするって聞かれても、本当にどうしよう？

森は狩谷を物問いたげに見た。

「指揮車に連絡しよう。戦闘部隊から誰かを護衛に回してもらうんだ」

「そ、そうね。そうしよう！」狩谷の提案に飛びつくように森は言った。通信を送ると、瀬戸口ではなく加藤が出てきた。

「あれ、瀬戸口さんは？」

「ただ今、取り込み中や。敵さんが次から次へとわいてくるよってな。瀬戸口さん、ひとりで奮戦《ふんせん》中や。どないしたん、森さん？」

加藤の声も震えている。通信機から二連装《れんそう》機銃の鋭く甲高い射撃音が聞こえてくる。

「整備班に護衛を回して欲しいんだけど。滝川君……来須さんか若宮さんに連絡を取ってくれないかしら」

「直接、通信を送ればええやないの」

「けど、やっぱり戦闘指揮車から言わないと。わたしたち、整備だから、ラインに直接連絡するのもなんだか……」

実は芝村舞がこわかった。「自分の身は自分で守れ」なんて芝村さんだったら言いかねない。

「そうやねえ。ウチらもついでに頼んじゃおう。あの、な……なっちゃん、元気？」

なっちゃんとは狩谷夏樹のことだ。加藤は狩谷の中学時代の同級生で、車椅子《くるまいす》の狩谷の面倒をなにくれとなく見ている。ふたりの関係は隊内でも有名であった。

「馬鹿！　そんなこと言っていないで、とっとと連絡しろ！」

狩谷が森の隣に身を乗り出して怒鳴ると、加藤はあわてて黙り込んだ。

「整備……班が……助けを求め……ているわ。誰か……行ってあげ……て」加藤に代わって、石津のぼそぼそとした声が通信回線を流れた。

その時、がくん、と衝撃があって、補給車が斜めに傾いた。ドアが開いて、茜があわてて車内にすべり込んできた。

「来たよ、敵が。ゴブリンリーダーの投げたトマホークがタイヤに命中した。僕たちに目をつけているみたいだ。な、何かあったら僕が姉さんを……守るから」

青ざめた顔で言われても説得力がなかった。茜は引きつった顔で森を見つめた。森も同じく恐怖に目を見開いて茜を見つめ返す。

「どうしよう、どうしよう」

「ダッシュボードに原さんの拳銃があったと思うけど。万が一の場合はそれで」

狩谷が落ち着き払った表情で眼鏡を光らせた。

「生きながらやつらに捕まったら地獄だな。手足を一本ずつもがれて、最後にはモズが獲物《えもの》にそうするように串刺《くしざ》しにされる」

「他人事みたいに言うな！」茜がたまりかねて叫ぶと、狩谷は「ははは」と笑った。

「僕は命なんて惜《お》しくないから」

「ぼ、僕は惜しぃんだっ！　天賦を世に問わずに、こんなしけたところで死ぬのは嫌だっ！　姉さん、何をしているんだ？」

ダッシュボードからベレッタを取り出した森を見て、茜はぎょっとした。「僕によこせ」と茜は説得したが、森は銃を握り締めたまま、ぼんやりと迫ってくる敵を見つめていた。

どん、どん、どんとジャイアントアサルトの二〇ミリ機関砲の音が聞こえて、敵が数体吹き飛ばされた。ゴブリンを踏み潰し、蹂躙しながら二番機がこちらに向かって駆けてくる。

次いで若宮らしき四本腕の可憐が、機銃を撃ちながら、別の方角から現れた。

「大丈夫か、森……みんな無事か？」

滝川が通信を送ってきた。歯の根の合わぬ森に代わって、茜が通信機の送受器を手に取った。

「遅かったじゃないか！　整備班が全滅したら、困るのは君たちなんだぞ！」

「悪《わり》ィ。なんだかめちゃくちゃな戦いでさ。時間を食っちまった」

滝川は心からすまなそうに謝った。

まばたきする間の若宮の射撃で、整備班の目の前には三十体近くの敵が倒されていた。

「俺は客車と指揮車の様子を見てくる。滝川、おまえは整備班を頼むぞ」と若宮は言った。

「あ、俺も行きますよ。客車もなんだか大変みたいだから」

え、もう行っちゃうの、という顔で森は茜と顔を見合わせた。

「悪イ、森。他のところもひでえことになっているらしいんだ」

「え、あ、うん。頑張って、滝川君」

森はやっと我に返ると、通信を送った。それでも神経が耐えられなくなったか、運転席に顔を伏せると、嗚咽《おえつ》しはじめた。


最後のミノタウロスを仕留めて、三番機は補給車をめざして移動を開始した。すでにミサイルをはじめ全弾を撃ち尽くし、小型幻獣を足にかけながらの移動である。

危険なミノタウロス、ゴルゴーンは始末したが、小型幻獣はそこら中で猛威《もうい》を奮《ふる》っていた。満足に戦っているのは鉄道警備小隊だけで、列車で輸送中の兵らは半ばパニックに陥り、車外に逃げ出しては襲われ、抵抗する隊は他の隊と連係《れんけい》が取れず、孤立した戦いを続けていた。文字通りの救いようのない乱戦混戦であった。

列車に乗っていた兵の多くは、本土行きの切符を手にした兵であった。どんな精鋭であっても気を抜いたところを襲われれば、戦意を取り戻すには時間がかかる。乱戦の中にあって、逃げ惑う弱兵になってもしかたのないことだった。

「厚志よ、この駅が襲われた意味がわかるか？」

舞は不機嫌に言った。厚志が黙っていると、舞はいっそう不機嫌になって続けた。

「今でこそ無人《むじん》の街になっているが、大牟田市というのは、福岡と熊本の中間にあり、この駅は熊本と北九州を結ぶ交通の大動脈の上にある。我々はすでにその動脈すら維持できず、敵の突破浸透《とっぱしんとう》を許したということだな」

「そうだったのか」

厚志には難しいことはわからない。しかし、こんな乱戦ははじめての経験だった。あの熊本城決戦の時ですら、友軍はもっと組織《そしき》的に戦っていたような気がする。

貨物駅は惨状《さんじょう》を極めていた。

生体ミサイルによって、破壊され、炎上《えんじょう》する列車。折り重なるようにしてホームに、線路付近に倒れている兵。膨大《ぼうだい》な物資、コンテナも燃え上がり、なおも散発的に砲声、銃声が聞こえる。地獄だな、と厚志は思った。戦場というよりは、人間と幻獣を同じ器《うつわ》に入れてかき混ぜたらどうなるか？　という実験のような状況だった。

不意に甲高い機銃音が聞こえた。仲間をやられたゴブリンの群れが一両の貨車に殺到《さっとう》する。

貨車からはひとりの警備兵が機銃の引き金を引き続けていた。このままじゃやられる。そう判断した厚志は士魂号をダッシュさせると、後方から貨車を腰の高さまで持ち上げた。

「わあっ！」

声がして、掃射《そうしゃ》音が止まった。目標を失ったゴブリンが、士魂号の脚に空《むな》しく飛びかかった。

それを容赦《ようしゃ》なく蹂躙し、踏み潰した。

「どこへ運べばいいですか？」

厚志が貨車を線路上に下ろし拡声器をオンにして尋ねると、警備兵は「すみません。助かりました」と謝《しゃ》した。

「曙号が敵の撃退に成功したようです。一緒に来ませんか？　警備小隊の仲間もいますよ」

厚志は努めて愛想良く言った。この様子じゃ、駅を警備していた隊は全滅だろう。これからどうするのか、と思いながら帰途《きと》に着いた。

　装甲列車はなお偉容《いよう》を保《たも》って、線路上にそびえ立っていた。随所《ずいしょ》に設《もう》けられた一二〇ミリ砲と一二・七ミリ機銃の砲塔が油断《ゆだん》なく周囲を警戒している。警備兵と別れ、５１２１小隊の客車を横目に、さらに後方の整備班の展開地点へと三番機が赴くと、一番機と二番機のまわりに整備員が群がり、点検・整備の真っ最中だった。

　三番機の姿を認めると、森が駆け寄ってきた。拡声器を手にして、「ご苦労さまです。これから点検しますから」と言ってきた。

「うむ。それと弾薬の補給を頼む」

　舞が拡声器から声を発する。三番機はクレーンの届く位置まで機体を移動させると、脚を折り曲げ膝立ちの姿勢を取った。

　森とヨーコ小杉《こすぎ》は、すばやく計器類を三番機につなぐと、丹念《たんねん》に点検をはじめた。二番機の点検を終えた茜と狩谷もそれに加わる。

戦闘がはじまってから一時間半が経っていた。壬生屋と滝川はコックピットから出て、線路付近で休んでいた。滝川は長々と寝そべり、壬生屋は膝を抱え、体育座りをしている。その傍らに若宮が全員を守るように、たたずんでいた。

「休めとは命じていないはずだが」

舞は拡声器から壬生屋と滝川に向けて言った。壬生屋は、はっとして立ち上がり、滝川は腰を浮かした。そんなふたりの様子を見て、若宮がにやりと笑った。


「すみません！ すぐにコックピットに戻ります」

壬生屋は顔を赤らめて謝った。言い方には気に障《さわ》るところはあるけれど、芝村さんの言うことは正しいとすぐに悟った。常在戦場《じょうざいせんじょう》。ここ二、三日、強敵と戦わなかったせいで、ミノタウロスとの白兵戦《はくへいせん》に手間取り、疲労していた。

「けど、壬生屋は相当に疲れとる」一番機担当の中村が、壬生屋をかばうように言った。

「そんなことはわかっている。しかし、そなたらを守ることができるのは、ここにいるパイロットと若宮、来須しかいないのだ」

舞は静かに言った。熊本城決戦の時、彼らは司令に無断で休んでいただろうか？ 否。今の自分は司令代理として、その点をはっきりさせねばならぬ。

「わたくし、コックピットに戻ります」

舞の厳しい言葉に唖然とする整備員を後目《しりめ》に、壬生屋はコックピットに戻ろうとした。

「ちょっと待たんね」

中村が壬生屋を引き留めた。怪訝な顔をする壬生屋に、中村は断固として言った。

「どう見ても今のおまえは疲れとるばい。線路が復旧《ふっきゅう》するまでゆっくりと休みんしゃい」

「そうですよォ。機体の損傷がちょっと激しいです。一番機担当としてはお休みすることを勧《すす》めますですゥウ」

同じく一番機担当の岩田裕が壬生屋をかばうようにして言った。

「けれど……」

ふたりの言葉は嬉しかったが、壬生屋は生まじめに何かがまちがっている、と思った。

「ふむ」

舞は一拍《いっぱく》置いて、話しはじめた。

「そなたらの意見は参考にさせてもらおう。しかし、わたしは善行に代わって司令代理として隊を指揮する立場にある。隊員への命令権はわたしにあるのだ。こんなことは言いたくなかったが、そなたらはそれを忘れているぞ」

中村と岩田は黙って顔を見合わせた。他の整備員は気まずそうに下を向き、押し黙った。これまで多少風変わりな「仲間」とばかり思っていた芝村に、まさか「階級」を持ち出されるとは思わなかったのだ。

ただひとり、古参兵の若宮だけがにやにやと笑って、なりゆきを見守っている。

壬生屋と滝川は困惑したように三番機を見上げている。

「取り込み中、なんなんだが、たった今、司令部の通信を傍受《ぼうじゅ》した。菊池・山鹿方面で三十個小隊が包囲されているらしい。県道から九州自動車道をめざしていたらしいが、敵はひと足早く脱出口をふさいだってわけだ。今は三加和町《みかわ》一帯に前線を展開して、敵と交戦中らしいな」

「救援の軍は？」

舞は即座に尋ねた。

「ああ、現在、福岡方面より自動車道を南下中《なんかちゅう》とのことだ。ただし、敵さんと共生派テロリストの妨害《ぼうがい》工作に遭って相当に遅れるようだ」

「ふむ。具申《ぐしん》してくれぬか。瀬戸口よ」

「具申って柄じゃないんだがね。この三十個小隊は精鋭だぞ。戦車小隊も五つある。これを救出しないと、状況はますます辛くなる」

瀬戸口は分析《ぶんせき》したデータ群を三番機に送った。阿蘇、阿蘇特別戦区はすでに敵の勢力圏内にあり、敵は北九州と熊本を結ぶふたつの大動脈である九州自動車道と、鹿児島《かごしま》本線へと殺到しつつあった。戦線の精細なマップが舞の戦略画面に表示される。

「持ちこたえて半日か」

「じきに夜になる。その間はなんとかなるとして、明け方と同時に敵は包囲した友軍を潰しにかかるだろう。夜間のうちに突破口《とっぱこう》を開くなんてこともできる……かな？　まあ、司令代理閣下《かっか》のお気に召《め》すままに」

瀬戸口はことさらに茶化《ちゃか》して言葉を締めた。

「瀬戸口さん」

通信機を通じて壬生屋の声が聞こえた。見れば、風を通すためか、指揮車のハッチを開けたまま通信している瀬戸口のもとに壬生屋は歩み寄っている。

「わっ、壬生屋、急に現れるなよ」瀬戸口がのけぞる音。

「あの、わたくしたち、これからどうなるんでしょう？」壬生屋の声が不安を訴えている。

舞は黙って通信を切った。補給完了まであと十分はかかる。瀬戸口はうまく割って入った。

壬生屋と滝川の件については、矛《ほこ》を収めておこうと思った。

「厚志よ」

「なに？」すぐに返事が返ってきた。

「わたしが壬生屋と滝川に言ったことは厳しかったろうか？」

「ぜんぜん。壬生屋さん、反省していたしさ。滝川だってわかってくれるよ」

厚志は穏やかな声で請《う》け合《あ》った。


「壬生屋、小休止《しょうきゅうし》だ」

瀬戸口は通信を切ると、車外に出た。貨物駅から少し離れた一帯は、幾条《いくじょう》もの線路が走り、周辺には雑草が生い茂っている。鉄路の外には無人と化した大牟田市の丈《たけ》の低い建物が並んだくすんだ市街が広がっている。無人と化してそう時間は経っていないはずだが、急速に荒廃《こうはい》の度を深めているように見える。

草木だけが変わりなく、旺盛《おうせい》な生命力を示していた。瀬戸口は伸びをして緑のにおいを胸一杯に吸い込んだ。傍らには壬生屋がたたずんでいる。

「わたくし、コックピットに戻りませんと」明らかに未練がましく、壬生屋は言った。

「まあ、そう急ぐな。まったく、こんな天気の良い日に俺たちは何をやっているんだろうな」

瀬戸口が人さし指を突き出すと、どこからか揚羽蝶《あげはちょう》がひらひらと舞い降り、指に留まった。

「すごいです！」壬生屋は目を輝かせた。

「そんな大げさなことじゃないさ。心を静かに保てば草木と同じになれる」

「平常心《へいじょうしん》、ですか」

壬生屋が自信なさげに言うと、瀬戸口は苦笑いを浮かべた。

「まあ、そんなようなものかな。壬生屋、深呼吸《しんこきゅう》をしてみろよ」

言われた通り深呼吸をすると、少しずつ心が落ち着いてきた。鉄道沿線《えんせん》の丈高く茂る雑草や木々を眺めながら、壬生屋は心を静めていた。

「おまえさんはもう大丈夫だよ」

瀬戸口が唐突に口を開いた。何事かと青い瞳で見つめる壬生屋に、瀬戸口は穏やかに笑いかけてみせた。

「迷わなくていい。不安に思わなくていい。おまえさんのことは引き受けるから」

「は、はい……」

え、え、え――っ？

壬生屋は瀬戸口の言葉に耳を疑った。これってもしかして……。わたくしは瀬戸口さんに告白されているのか？　違う！　それは思い上がりというものだ。わたくしを気の毒に思って？　きっとそうだ。そうに違いない！　瀬戸口さんはやさしい人だから、きっとわたくしを哀れんでくれているんだ。

壬生屋は下を向いてもじもじしていたが、やがて顔を上げるとぎこちなく微笑んだ。

「あのっ、わたくしのことでしたら大丈夫ですから。他の人たちのことを心配してあげてください。わたくし、本当に……」

次の瞬間、温かなものを唇に感じた。壬生屋は目を見開き、硬直したまま、瀬戸口の唇を受け止めていた。唖然とする整備班の面々の顔が見えた。しかし、ほどなく目を閉じると、瀬戸口にされるがままに任せた。

「小休止、終わり」

しばらくして瀬戸口の声がぼんやりと聞こえた。壬生屋は上気した顔を瀬戸口に向けた。

「さあ、コックピットに戻れ」

壬生屋はこくんとうなずくと、一番機に向かって駆け去ろうとした。

「ああ、ちょっと待て」

なんでしょうと振り返る壬生屋に、瀬戸口は一瞬、真剣な表情で言った。

「俺たちはいつでも一緒だ。行け」

真っ赤に火照る顔を持て余し、胸の動悸《どうき》を抑えかね、ギャラリーの目を逃《のが》れるように壬生屋はコックピットにすべり込んだ。

「ふぇぇ、隆ちゃん、ののみまで恥ずかしくなっちゃうよぉ」

指揮車に戻った瀬戸口に、東原がさっそく話しかけた。

「このこのっ、瀬戸口ジゴロ！　壬生屋さんを泣かしたらあかんよ！」加藤が、瀬戸口に近づくと肘鉄《ひじてつ》を喰らわす真似をした。石津だけが無表情に、じっと瀬戸口を見つめている。やがて石津の口許に微笑が浮かんだ。

「……忘れる、ことに……したのね。……良かった」

「す、すげぇ……」

滝川はほけっとした顔で、先ほどの光景を思い浮かべた。やっぱり瀬戸口さんは大したもんだな。あんな風に堂々と見せつけられちゃって、俺、どうしたらいいんだ？　くそ、夢に見そうだぜ。滝川は森を振り返った。

森は何事もなかったかのように黙々と三番機の点検をしている。

「なあ森、今の」

言いかけたところ、クレーンを動かしている茜から声が飛んできた。

「ふ。鈍《にぶ》いやつだな。姉さんだったらいつでもオッケーだよ。君には女心というものがまったくわかっていないな」

冷やかすような茜の口調に、滝川は顔を赤らめた。そんなこと言われてもよ、あんな格好良くできねえよな。どうしたらいいんだ？

不意に森は顔を上げると、猛然と茜に食ってかかった。

「馬鹿大介！　何がいつでもオッケーなのよ！　わたし、あんな恥ずかしいことしないから！」

「そ、そうなのか？」

滝川は世にも間抜けた声を出した。森は紅潮《こうちょう》した顔を隠すように、ぷいと横を向いた。

「そうです。わたし、あんな恥ずかしいことやらないから」

「別に……俺は恥ずかしくないけど」滝川はさらに間の抜けたセリフを口にした。

「わたしにだって好みと都合《つごう》があるんです！　さあ、とっとと二番機に乗ってくださいっ！」

森はこわい顔で滝川をにらみつけた。

滝川はあわてて、コックピットによじ登った。ちら、と森の方を振り返る。視線が合った。

森は顔を赤らめたまま、滝川に近づくと小声で「今の嘘」とささやいた。そしてすぐにこわい顔に戻ると、ぷいと背を向けて歩み去った。

下関市街　一五〇〇

「ねえ、今、何キロ出しているの？」

側車に座った原は髪を押さえながら、大声で怒鳴った。

派手で風をまともに食らってしかもエンジン音がやたらにうるさい。最低だ。しかし善行は、路上の兵らの視線を浴びながら、黙々と真っ赤なサイドカーを運転していた。

「ああ、六十キロぐらいですか。これ以上出すと、危険ですから」

ふたりは下関の市街《しがい》に入っていた。善行は慎重にスロットルを絞《しぼ》りながら、ともすれば車輪が浮きがちな車体を制御していた。原の不満もわかる。なんと扱いにくいシロモノだ。原は仏《ぶっ》頂面《ちょうづら》をして、兵らの好奇の視線に耐えていた。

「ねえ、これって相当恥ずかしい乗り物よね」またしても原は大声を張りあげる。

「ええ、まったく」それには同感。

「潮風《しおかぜ》で髪がべとべとするんだけど」

「それはお気の毒」

応えながら善行の目はせわしなく動いた。どこもかしこもフグ料理屋の看板だらけだ。巨大なフグのイラスト入り看板を原は歓声をあげて指さした。

「あ、フグ、フグ！　善行さん、せっかくだからフグを食べて行こうよ」

「あいにくそんな状況じゃありませんよ」

どるん、と重たげな音を響かせ、停車する。目の前には「下関観光案内マップ」なる地図が掲《かか》げられてあった。

「さて、我々が九州に渡る手段は三つあります。まずは関門橋《かんもんきょう》なんですが、これは検問が強化されているでしょう。黒服もまちがいなく張っているはずです」

「そうねえ、じゃあ、フェリーに乗るしかないわね」

原はどこかしらのんびりした口調で言った。こういう状況下では善行を完全に信頼している。

「フェリーに乗るにもおそらく検問が厳しいはずです。ここにも黒服がいるでしょうね。また、海上で拘束されたら逃げ場がないですね」

と言いながら、善行は両者からかなり離れた一点をさした。注意してみなければ見逃しそうな場所である。

「人道入り口？　なんなの、これ？」

「文字通り、人が渡るための道ですよ。車両は通れませんので、軍用には向いていませんがね。可能性はあります」

「へえ、そんなものつくっていたのね。戦争をしているっていうのに悠長《ゆうちょう》なこと」

原の言葉に善行は苦笑を浮かべた。確かに。しかし、人道の開通は関門橋よりはるかに古く、確か四十年ほど前のはずだ。まず、今でも使われているのかどうかが不安だった。

「まあ、そう言わずに。行ってみましょう」

善行は位置を確かめると、再びサイドカーを走らせた。

案《あん》の定《じょう》、人道入り口あたりは閑散《かんさん》としていた。驚いたことに、自転車に乗った兵士が建物から出てきた。連絡兵か、書類入れを背負った兵は善行らの姿を認めると、自転車に乗ったまま敬礼して通り過ぎた。黒服や見張りの兵はいなかった。

扉の前でサイドカーを降り、おそるおそる中へ入ると、広いロビーに出た。湿気を含んだ空気が鼻腔《びこう》を刺激する。

「誰もいないんだけど……」原が不安げにあたりを見回す。湿気《しっけ》のにおいが気になった。

「あれですね」

ふたりの目の前にエレベータが一基、備えつけられてあった。なんとかサイドカーを搭載できる幅がある。スイッチを押すと、エレベーターの扉が開いた。

完全な重量オーバー。しかし覚悟を決めてサイドカーを押し込むと、扉を閉める。下へ、エレベータはぐんぐんと下降していった。むろん階数表示はない。ただ、点々と灯る目盛《めも》りがトンネルの相当な深さを示していた。ふたりとも無口になって、刻々と移り変わる目盛りの光を見上げ続けた。

メンテナンスがされていないのだろう。ごご、と機械のきしむ音がけたたましく響き、唐突に扉が開いた。ふたりは苦労してサイドカーを引き出した。

湿った、ひんやりした空気が流れてきた。

電力不足からか、地上と同じつくりのロビーらしき空間は必要最低限の照明しか灯されておらず、正面に黒々とした空洞《くうどう》が開けていた。どうやらトンネル内は完全に照明を落としているらしい。

「ねえ、善行さん、あそこを通るの？」

原がこわごわとトンネルをのぞき込んだ。心なしか耳に水の流れる音が聞こえる。古い技術だ。漏水《ろうすい》を止められず、ポンプで水を汲《く》み捨てているのだろう。

善行はサイドカーの照明を灯した。エンジンをかけると、ゆっくりとスロットルを絞る。

「たった七百メートルの辛抱《しんぼう》ですよ」

言うや否や、サイドカーを走らせた。

大牟田貨物駅　一五四五

「たわけめ」

舞は苦々しげにつぶやくと、戦略画面に神経を集中した。瀬戸口がつくってくれたシミュレーション・プログラムはシビアで悲観的なものだった。三加和町に展開している小隊群は、明日、〇八〇〇までには確実に壊滅《かいめつ》する。

自分たちには命令は下されていないが、東進《とうしん》して今夜中には救出しなければならぬ。混乱が予想されるが夜戦《やせん》やむなし、と考えた。

「厚志よ、今回は夜間戦闘になると思うが」

「問題ないね。ただ、僕たちが探照灯《サーチライト》をつけるわけにはゆかないよ。照明弾《しょうめいだん》がないと困る」

厚志は会話自体を楽しむように言った。

「照明弾か。貨物駅に在庫《ざいこ》があるかもしれん。それを常時《じょうじ》、打ち上げるチームも必要だな。橋爪とやらに頼んでみるか。やつならそつなくこなすだろう」

「それじゃ客車に連絡を取ってみようよ」

厚志が通信をオンにしようとした時、瀬戸口の声が拡声器からこだました。

「取り込み中、なんなんだが、準竜師がやっとお出ましだ。芝村、周波数を合わせろ」

どうやら瀬戸口は隊の全員にやりとりを聞かせたかったらしい。その場にいた全員が、わっと近くの通信機に群がった。


「どうだ、司令になった感想は？」

芝村準竜師の声がコックピットに響き渡った。通信機ゆえ表情は見えないが、例の人を食ったような薄ら笑いを浮かべていることだろう、と舞は内心で舌打ちした。

「特に感想はないな。時にずいぶんと久しぶりのように思うが」

舞が無表情に抑揚のない声で言うと、準竜師はくっくっと含み笑いを洩らした。

「俺は仕事に追われていてな、しばらく行方不明になっていた。人間とは業《ごう》の深いものだな。

こんな時にも互いに足を引っ張り合い、権力闘争《けんりょくとうそう》に明け暮れる。曙号への搭乗を命じたのは俺だが、善行と原はどうやら中央のたわけめらが連れ去ったらしい」

「……どうなっているのだ？」

「善行と原のことは心配いらん。今は撤収することだけを考えろ」

舞はふっと冷笑を洩らした。

「撤収とはなんのことだ？　どこへ撤収しようというのだ？」

「5121小隊は岩国への転進《てんしん》が決まった。命令が遅れたのは、本土の転進先を探していたためだ。岩国なら芝村閥《ばつ》で固めてある」

「ふむ」

舞は興味深げに声を発した。

「あいにくだがその命令は聞けぬな。我らはこれより、菊池《きくち》・山鹿《やまが》方面で包囲されている友軍を救出しに向かう」

「その件なら、すでに救援部隊が向かっている。こちらとしても失うには惜しい精鋭だ」

準竜師の口調はあくまでも淡々としていた。舞もそれに淡々と応じる。

「今夜のうちに作戦を開始せねば、全滅する。その救援部隊とやらは、妨害工作に遭《あ》い、到着するのは明日の午後と聞くが」

「それではどうあっても抗命《こうめい》するか」準竜師の口調に、微かに笑いが含まれている。

「ああ、覚悟はできている」

舞は静かに、しかし断固《だんこ》とした口調で言い放った。

「それもかまわんだろう。また、連絡をする」

そう言うと、準竜師からの通信はぷつりと切れた。

「さて、それでは作戦の概要《がいよう》を説明する。まず、我々は現在地から県道……」

「待ってくださいっ！」

舞の言葉は唐突に遮られた。声の主《ぬし》は森だった。

「なんだ？」

「撤収命令が出ているじゃありませんか！　命令に逆らってまで、これ以上、戦う必要はあるんですか？」

森は必死に訴えてきた。

「近くで友軍が全滅の危機に瀕《ひん》しているのに、我々だけが助かってよいものか。森。そなたの気持ちもわかるが、わたしは友軍を救出したいのだ」

舞は森の訴えを真《ま》っ向《こう》から受け止めた。

「ふ。それはわかるけど、僕は姉さんの味方をするよ。芝村の命令には正当性《せいとうせい》がないな。上からの命令を無視した上での命令に僕たちが従う必要はないさ」

茜が姉をかばうように言った。

「僕ももう戦争はいいなあ」新井木が珍しく神妙《しんみょう》な口調で言った。

「ずっとずっとこわいめに遭ってきてさ。僕、生き延びたいの。おとなしく命令に従おうよ」

新井木の言葉は、気取りなく正直だった。

「ご自分だけ生き残ればいいんですか！」

一番機から甲高い声が聞こえてきた。全員が一瞬、通信機の前で耳を押さえた。

「わたくしたちは戦えます。戦うことができるんです。それなのに……友軍を見捨てて逃げようというのですか？　そんなの卑怯《ひきょう》です！」

卑怯と言われて森の顔が蒼白《そうはく》になった。「卑怯でけっこうよ」とつぶやくように言った。傍らの整備員たちが困惑するほど、険しい表情になっている。

「わたしが卑怯なら、あなたはわがままで自分勝手！　パイロットはいいんです。コックピットの中で士魂号に守られているから！　わたしたちなんて本当なら武器なんて持たなくていいのに何度も何度も死ぬめに遭ってきたんだから！　わたしたちの……わたしの気持ちなんて全然わかってないんですね！」

「わたくしだって、何度も危険なめに遭いましたっ！」

壬生屋も負けずに叫び返す。ここに来て、パイロットと整備員、互いのフラストレーションがいっきに噴き出した感じであった。

「待て、待たんね。芝村はめちゃくちゃ言っとる。軍だから命令は絶対ばいね。正直、俺ら整備は岩国へ引き上げると聞いてほっとしとる。頼むから、命令に従ってくれ」

中村が双方の熱を冷ますように冷静に言った。

「俺は別にかまわねえけどな」

田代が軽トラの無線機から割り込んできた。

「このまんま安全なところに、はいさよならじゃ面白《おもしろ》くねえよ。俺はつき合う。どうせなら5121の心意気《こころいき》ってやつを示してやろうぜ。他にもオッケーってやつは……」

「馬鹿、裏切るな、田代！」茜があわてて田代の言葉を遮った。

「僕も別にいいよ」狩谷が冷静な口調で言った。

「別にいつ死んだってかまわないしさ。芝村のわがままにつき合ってやるよ。しかし、田代と僕だけじゃ心許《こころもと》ないいな」

「ウチのこと忘れんといて！　整備のことはようわからんけどなっちゃんの手伝いするから」

指揮車から加藤が通信を送ってきた。しかし、瀬戸口と東原、石津は沈黙を守っている。

「瀬戸口さんはどうなんですか？」

たまりかねて壬生屋が、名指《なざ》しで尋ねた。

「俺？　俺はたった今、あきれている最中。どちらも感情的になって、言いたい放題だ。こんなところで傷つけ合って楽しいか？　俺はおまえさんたちの頭が冷えるまで黙っている」

瀬戸口は珍しく、怒ったような口調で言った。

若宮も同じ気持ちらしく、黙って整備員たちの傍らにたたずんでいる。

「頭が冷えても同じです。わたしは戦闘に参加しません」森は念を押すように言った。

「ふむ。ならばそなたらは命令とやらに従うがよかろう。わたしは出撃する」

舞は静かな、低い声で言った。

「だめだよ、舞。説得をあきらめちゃ。ねえ、森さん、今、目の前で何人もの人が死んでいるんだ。彼らを見捨てていくことなんてできないんだよ。それが5121小隊なんだ。僕も舞も壬生屋さんも君たちも危険なことでは同じだよ。もう一度、思い出して。熊本城の時は、みんなで力を合わせて戦ったじゃないか。どこかの誰かの未来のためにさ」

厚志は訴えるように言った。

「こわいんですっ！　もう嫌なの、戦争は！」

森は厚志の言葉に耳をふさぐように叫んだ。それは心からの叫びであったろう。なまじっかな、理屈《りくつ》や、きれいごとなど通じない。それは整備班の多くの者に共通する思いだった。整備班の面々は、しんみりと下を向いた。

「臆病者っ！」壬生屋がきんとした声で叫んだ。

「いつから5121小隊は臆病者の集まりになったんですか？　森さん、目を覚ましなさい！友軍を同胞《どうほう》を助けるんですっ！」

門司市街路上　一六一〇

九州・門司側へ到達したのは、それこそあっという間だった。

原は拍子抜《ひょうしぬ》けする思いで、気がつくとエレベータに乗り込んでいた。

本当にもう九州なの？

下関側とまったく同じつくりの建物を出ると、五月の陽光《ようこう》が燦々《さんさん》と降り注いだ。

武骨な軍用自転車に乗り込んだ連絡兵……徴用された郵便配達《ゆうびんはいたつ》があっけに取られた顔でこちらを見ている。

「こんにちは」

原がにこりと笑いかけると、郵便配達は原の階級に気づいたかあわてて敬礼をした。

「こちらの様子はどうです？　関門橋は混雑していますか？」

善行が問いかけると、郵便配達は「え、ええと」と橋の方角を指さした。ここからでも橋は十分に見える。橋の上は遠目にも混雑し、渋滞していることがわかる。軍用車両が延々と、途切れることなく続いていた。

「自衛軍さんも引っ越し大変ね」

原は皮肉を含んだ口調で、橋上の車列を眺めやった。自慢ではないが遠目がきく。車両の多くはまさしく真っ当な軍用車両だった。戦車もトラックも自衛軍のカーキ色に塗られている。学兵の車両は自衛軍のおこぼれか、民間のものを転用したものが多かったから、車列を見ればすぐにわかる。５１２１の材木運搬用のトレーラーのように。

「無線機のある場所へ」

善行はそう言うと、郵便配達に礼を言って走り去った。門司の街は自衛軍であふれていた。サイドカーを、撤退のための陣地構築を急いでいる工兵隊のところに横づけした。

隊員たちは珍しい生き物でも見るかのように、善行、原とロートルのサイドカーを見たが、善行は気にも留めずに中尉《ちゅうい》の階級章をつけている将校のもとへ歩み寄り、敬礼をした。

怪訝な顔で敬礼を返す中尉に、善行は「どうですか、調子は？」とくだけた口調でたばこを勧めた。話しかけるとしたら、一般の兵よりは技術屋だろう。よけいな詮索《せんさく》をされる危険性ははるかに少ないと善行は考えた。

「まあな。とんだ貧乏《びんぼう》くじさ」

隊長もくだけた口調で一本を取った。善行はマッチをすって火をつけてやる。

「俺たちの順番は工事が終わってからになる。工兵《こうへい》ってのも因果《いんが》な商売でな。それまでに敵さんが来なけりゃいいけどな」

「同情しますよ。ところで無線機をお借りしたいのですが」

愚痴《ぐち》を聞いてもらった安堵からか、どちらかといえば軍人というより土建《どけん》労働者といった風《ふ》情《ぜい》の中尉は「あの車に積んである」と一台の作業車をあごでしゃくった。

「感謝します」

善行はそう言うと、原をうながして作業車の運転席に悠々《ゆうゆう》とした歩調で歩んでいった。

無線機の周波数を５１２１のものに合わせる。とたんに壬生屋の甲高い声と、森のヒステリックな声が飛び込んできた。あわてて耳を押さえる善行を見て、原はくっくっと笑った。

「あー、聞こえますか？　善行です」

善行も苦笑しながら通信を送ると、ふたつの騒音はピタリとやんだ。

「ハロハロー、わたしもいるわよ」原が陽気に割り込んだ。

「原さん、ううう……」森の嗚咽《おえつ》が聞こえてきた。

「やあねえ、泣くことないじゃない。どうしたの？　壬生屋さんにイジメられていたのかしら」

「わたくし、イジメてなんかいません！」きぃんと響く声に、原もさすがに耳を押さえる。

「壬生屋さん、わたしのこと、臆病者の卑怯者って……」

「だってそうじゃないですか！」

延々と続きそうなふたりのやりとりに、舞の一喝が割り込んだ。

「たわけ！　ふたりとも黙っていろ。あー、聞こえるか、善行。こちらの現在位置は大牟田の貨物駅だ。そちらの現在位置は？」

「門司《もじ》に上陸《じょうりく》したばかりですよ。そちらの様子はどうなっていますか？」

「だめだな。九州中部域戦線は阿蘇戦区から崩壊がはじまったようだ。我が軍は随所《ずいしょ》で戦線を突破され、敗走《はいそう》を重ねている。我々は命令とやらに従って、装甲列車に乗ったが、大牟田の貨物駅が敵に襲われ、たった今、戦闘を終えたところだ。戦闘を終えたところで今度は準竜師からじきじきに命令があってな。岩国へ撤収せよと」

「なるほど」

そういうことか、と善行は眼鏡に手をやった。はじめの命令が「列車に乗れ」とは。芝村舞に本州への撤退命令を下しても従うまいとの深謀遠慮《しんぼうえんりょ》のゆえだろう。

「整備班の様子はどう？」

考え込む善行に代わって原が尋ねると、嗚咽する森の脇から中村の熊本弁《くまもとべん》が聞こえてきた。

「皆、元気ですたい。除隊して家に戻った遠坂と田辺のことは知らんけど」

「あの、芝村さんは準竜師の命令に背《そむ》いてまで戦闘を続けるっていうんですけど。わたしたち、もういいんですよね？　もう戦わなくていいんですよね？」

森の声が再び割り込んだ。必死の声だった。

「芝村さんが……」

原は言葉を失った。

準竜師の撤退命令に逆らったということか？　芝村が芝村に逆らった？

「菊池方面で友軍が包囲されていることを知った。慣れぬ夜戦を行わねばならんが、今、行かねば間に合わぬ」

舞の冷静な声が聞こえた。善行は即座に反応していた。

「ただちに出撃してください。わたしたちはこれより熊本へ向かいます。明日、県境《けんざかい》を越えたあたりで合流地点を決めましょう」

善行はあっさりと言ってのけた。

「了解だ」舞もあっさりと請《う》け合《あ》った。

「決まりですな」若宮がはじめて口を開いた。善行の命令が彼のすべてであった。

「どうしたものやら。明らかな軍紀違反ってやつですが、いいんですかかねえ？」

揉《も》めごとを楽しむような瀬戸口の声が聞こえてきた。情報収集に関してはプロ中のプロの瀬戸口がいれば、まあ、大丈夫だろうと善行は口許を緩めた。

「実はわたしたちも脱走してきたところでしてね。俚諺《りげん》にいわく……」

「毒《どく》食らわば皿までってやつですかね」

瀬戸口は相変わらず楽しそうだ。

「もう！　はっきりしてくださいっ！　瀬戸口さんは戦う気があるんですか？」

壬生屋の声がイライラした様子で割って入る。

「善行司令の命令ならしかたないですけど。原さん、わたしたち、いつまで戦えばいいんですか？　わたし、芝村さんや壬生屋さんについていくのがこわいんです！」

森は壬生屋の剣幕に負けずに原に訴えてきた。

「大丈夫よ、森さん」

原は真顔《まがお》になると、静かに言った。

「すぐに戻るから。それまで頑張って。大丈夫だから」

「……本当ですね。きっとですよ」

森の気分はいくらか落ち着いたようだった。

「お帰りなさい、善行さん、原さん」

場を収拾《しゅうしゅう》するような厚志のやさしげな声が聞こえてきた。善行と原は顔を見合わせて笑った。

「ねえ、速水君？」原はにこやかに話しかけた。

「はい？」

「お帰りなさいはまだ早いわよ。無事な姿を見てからにしようね」

　客車では来須、島村、橋爪らが、小隊員のやりとりを傍受《ぼうじゅ》していた。

「まったく……めちゃくちゃじゃねえか。何がどうなっているのやら」

　橋爪がため息をつき、つぶやいた。撤収命令が出たんなら、ラッキーってなもんだ。島村が不安げに来須を見た。

「あの……わたしたちはどうすればいいんでしょう？」

　来須の口許がやさしげにほころんだ。帽子《ぼうし》を目深《まぶか》に被り直すと低い声で言った。

「おまえたちは傷病兵を守って、岩国へ行くことになる。混成小隊は書類上のミスで列車に乗ることになった……そういうことだ」

「そんな。わたしたちもお手伝《てつだ》いします！」島村が訴《うった》えるように言った。

「無理だよ、あんたらじゃ」しょうがねえな、とでもいうように橋爪は口を開いていた。

「夜間戦闘になるっていうじゃねえか。よっぽど戦い慣れていないとだめなんだ。十中八九、あんたらは足手まといになる。あんたらを守るために、５１２１は人数を割《さ》かなければいけなくなるってわけ。それじゃ意味ねえだろう」

「けれど整備班を守ってくれって……」島村はなお、抵抗するように言った。

「島村」

来須は帽子のひさしを上げると、じっと島村を見つめた。

「生き残れ。おまえたちにはその権利がある」

島村は元々銃ひとつ触ったこともない事務官だ。書類上のミスで混成小隊の隊長となり、配属された隊員たちは訓練ひとつ受けていない員数《いんずう》合わせの捨《す》て駒《ごま》だった。来須と若宮の庇護《ひご》の下《もと》、なんとか生き延びてきたがそれにも限界がある。

「けれど5121さんは……」島村は思いを込めた目で来須を見つめた。

「……気持ちはもらっておく」

そう言ってから、来須はありがとうと短く添えた。

拍手《はくしゅ》する音が聞こえた。こんな時に誰だよと橋爪が顔を向けると、鈴原が皮肉な笑みを浮かべて拍手をしていた。

「わたしもつき合おう。軍医は必要だろう」

まじかよ。この先生、やっぱり自殺願望があるぜ。軍医なんていやあ最優先《さいゆうせん》で本土行きの切《きっ》符《ぷ》ゲットじゃねえか。

橋爪は信じられぬといったように鈴原を見た。

「先生、どうして……?」飯島看護兵が、半べそをかきながら言った。

「5121小隊とやらの面倒を見たくなった。飯島、おまえは岩国へ行け。将来は看護婦になるって言っていたろう。除隊したらちゃんと勉強するんだぞ」

「先生……」

飯島はぐすりとすすり上げた。

「こら、泣くな。わたしはおまえとは別の人間だからな、生きる目的も考えも違うんだ」

なんてこった。先生が残るとなれば、俺だって残らないと格好悪いじゃねえかと思った。

橋爪は内心でため息をついた。

「橋爪十翼長」

無線機から無愛想《ぶあいそう》な声が聞こえた。

「はいはい」橋爪はしかたなく、通信に出た。

「はい、は一度。そなたに頼みがある」

幸せの青い鳥さんさようなら、と橋爪は今度は目一杯大きくため息をついた。

山鹿戦区・三加和町近郊　一七三〇

西日が強烈《きょうれつ》な光を放ち、雲ひとつない空はまばゆい輝きに満たされていた。心地よい微風《そよかぜ》が道路沿いの樹木をさやさやと揺らす。平穏《へいおん》な春の午後。大牟田市の市街を抜け、５１２１小隊は、菊池・三加和町へ向かって県道を東に走っていた。

石津萌には気がかりなことがあった。ここ二、三日、隊のマスコットだったブータが姿を消していた。ブータとは全長一メートルに及ぶ老猫《ろうびょう》で、石津は唯一《ゆいいつ》、ブータと会話らしきものを交わすことができる。もっともあくまでもらしきもので、あとになって考えると、そんなことを言っていたような……と漠然《ばくぜん》とした記憶があるに過ぎない。

「仲間たちの様子を見てくる」だったかしら？「戻ってくるの？」と尋ねると、髭を微かに揺らめかして笑った。

機銃座《きじゅうざ》に所在《しょざい》なく座る石津の傍らでは、来須が把《と》っ手《て》につかまったまま、あたりの様子に目を配っていた。凪に揺らめく草木の向こう側で、何かがこちらをうかがっている。

「……何かがいるわ」

石津がぼそりとつぶやいた。来須も黙ってうなずく。

来須が自分の部屋に来た時のことを石津は想い出していた。一時間もの間、ふたりはほとんど口をきかなかった。来須の身の回りに常にまとわりつくものについて、石津は何度か口を開きかけたが、すぐに思い直してやめた。

それは決して邪悪《じゃあく》なものではなかったから。

悪《あ》しき夢と戦う者。来須は多くの戦友の死をその身にまとわりつかせていた。月がなく、星もまたたかぬ闇夜《やみよ》で、石津は一度、来須の「それ」を見たことがある。青い燐光《りんこう》が、来須の全身を包んでいた。来須はそれをつかんでは空へと放つ。放たれた燐光は、宙を漂《ただよ》っていたかと思うと、空へと立ち昇り、消えていった。

「悲しいの？」

石津が尋ねると、来須は首を横に振った。

「運命《さだめ》のようなものだろう」今度は来須が口を開く。石津は、こくんとうなずいた。

黙って周囲の気配をうかがう石津と来須に、瀬戸口から声がかかった。

「外の様子はどうだ？」

石津と来須は一瞬、視線を交わすと、言葉を譲《ゆず》り合った。

「見張られているような気がする」

来須が応えると、しばらく沈黙があった。

「レーダーに幻獣の姿は認められないが、もしかして人間か？」

「幻獣共生派の可能性はある」

ふたりのやりとりを聞きながら、幻獣共生派の数は普通に考えられているよりはるかに多い、と石津は感じていた。元々は幻獣との共生を主張する穏健《おんけん》な人々だったが、各国で非《ひ》合法《ごうほう》とされ、徹底した弾圧《だんあつ》を受けるようになってから武装《ぶそう》するようになった。

何をどうすれば、何故共生派になるのかは一般の人間にはまったくの謎だった。共生派と目《もく》された人間は、ある日突然、人々の前から消える。司直《しちょく》の手で密《ひそ》かに処刑《しょけい》されるか、それとも特殊《とくしゅ》な収容所《しゅうようじょ》でもあるのか？　憶測《おくそく》を口にするだけでもはばかられた。

幻獣は悪しき夢。悪しき夢に魅入《みい》られた人とはなんなのかしら？

考えても答えは出なかった。代わりに一瞬、機銃座から身を沈めると、石津は来須にウーロン茶のペットボトルを渡した。来須は無言で受け取ると、半分ほど喉に流し込んで石津に返してよこした。

　前方に幾重《いくえ》にも連なった丘があった。樹木が旺盛《おうせい》に生い茂っている。道は丘と丘の間を縫うようにして走っている。かなたから微かに砲声が聞こえてきた。

「芝村、前方に有力な敵を発見した。ミノタウロス三、ゴルゴーン五、ナーガ五、あとは例によって小型幻獣の大群だな。あと少し進むと、生体ミサイルの不意討ちを受けることになる」

　瀬戸口から通信が入った。

「さっそく敵の待ち伏《ぶ》せか」舞は冷静に応じると、丘の斜面に目を凝《こ》らした。藪の中には小型幻獣がビッシリと隠れているだろう。

　これまでの戦いでわかったことは、士魂号で小型幻獣の浸透を食い止めるのは難しいということだ。これまでは戦線の戦車随伴歩兵が引き受けてくれたが、今回計算できる戦力は、三機の士魂号に来須、若宮、そして橋爪、そして戦闘指揮車の機銃だけだった。

　菊池27の兵と島村の混成小隊は、そのまま傷病兵とともに本土へ送った。

「来須、小型幻獣なんだが」

　舞が通信を送ると、来須は即座《そくざ》に応えてきた。

「二番機を残してくれ。あとは俺と若宮、橋爪の機銃で応戦可能だ」

「整備の連中は怯えている」

「整備班の近くに二番機を待機させる。それと橋爪を配置しよう」

そうだな。二番機が側《そば》にいれば、整備も安心するだろう。来須と若宮は、例によって十字砲火《ほうか》を形成する位置に移動しておく。これでなんとかなるだろう。「頼んだぞ」と言ってから、舞は一番機を呼び出した。

「我らは中型幻獣を相手にする。壬生屋、調子は戻ったか？」

「ええ、大丈夫です」

「出撃だ」

舞の合図とともに、漆黒の一番機が突進をはじめた。待ち構えていた生体ミサイルをかいくぐりながら、ふた振りの超硬度大太刀は敵を求めてぐんぐんと速度を上げる。三番機もこれに追随《ついずい》。厚志の操縦は巧《たく》みに生体ミサイルの爆発をかわしてゆく。藪がざわめき、小型幻獣の大群が姿を現した。蹂躙《じゅうりん》し、蹴散らしながら、三番機は丘の陰から姿を現したミノタウロスの姿をとらえていた。

距離二百、百五十、百――舞はミノタウロスをロックすると、ジャイアントアサルトを連射する。アサルトのガトリング機構が高速回転し、二〇ミリ機関砲弾を吐き出す。近距離からの射撃にミサイルを発射し終えたばかりのミノタウロスは少しずつ切り裂かれてゆく。こちらを向き、突進の姿勢を示したとたん、爆発を起こした。

「速水・芝村機、ミノタウロス撃破」東原の声が、コックピットに響く。一番機はすでに丘の裏側へと回り込んでいた。

爆発音。

「壬生屋機、ミノタウロス撃破」。矢継《やつ》ぎ早《ばや》に東原の声。

三番機が丘の裏側に回り込むと、壬生屋は最後のミノタウロスを相手に止《とど》めの一撃を刺すところだった。五十メートルほどかなたでゴルゴーンとナーガが散開《さんかい》して、生体ミサイルの発射準備をしている。舞はすばやくすべての敵をロック、がくんと下方へのGを感じながら、ミサイル発射のスイッチを押していた。

有線式《ゆうせんしき》のジャベリンミサイルが正確に敵をとらえる。オレンジ色の業火《ごうか》の中でゴルゴーンが破裂し、ナーガが四散《しさん》した。

「壬生屋機、ミノタウロス撃破！　速水・芝村機、ゴルゴーン五、ナーガ三、撃破。舞ちゃん、こっちもたいへんなの。すぐにもどってきて！」

「どうした？」

「二番機の腕がふきとばされたのよ。れーるがんだって」

「レールガンだと？」

舞は驚愕《きょうがく》に目を見開いた。レールガンとは正式には八九式一二〇ミリ短滑腔砲《かっくうほう》といい、元は自衛軍で開発された人類側の兵器だった。戦車に搭載されるはずだった銃身を短銃身《たんじゅうしん》とし、重歩兵砲《じゅうほへいほう》としてウォードレス歩兵数名で運用《うんよう》できるようにしたものだ。

友軍の誤射《ごしゃ》か？

舞が考える間もなく、厚志は三番機を走らせていた。

「滝川、無事か？」舞が通信を送ると、しばらくして応答があった。

「参ったぜ。あと一メートルずれていたら、コックピット直撃。今は右腕一本で戦っているけど、なんとかしてくれよ。また一二〇ミリの直撃受けたら、今度こそ死んじまうよ～」

冗談めかして言いながらも、滝川の声には怯えがあった。

「来須？」舞が呼びかけると、低い声が応じた。

「勘が当たったようだ。共生派のしわざだろう。今、射撃地点を捜索《そうさく》中だ」

「若宮？」

「こちらは大丈夫だ。小型幻獣を寄せつけてはいない」

「壬生屋、共生派の捜索に加わってくれ。連中、重火器《じゅうかき》を持っているようだから注意せよ」

「わかりました。あの、発見したら……」壬生屋の声に微かなためらいがあった。

「殲滅《せんめつ》せよ」舞は冷然《れいぜん》として言った。

幸《さいわ》いなことに、小型幻獣に対する防御《ぼうぎょ》は十分に機能していた。トレーラー上から放たれる若宮の「肉切り包丁」は容赦《ようしゃ》なく敵を切り裂き、滝川の二番機はこまめに動き回って、ジャイアントアサルトでゴブリンリーダーを倒し、接近しようとするゴブリンを踏み潰している。指揮車上からは珍《めずら》しく石津が機銃の引き金を引き続けている。

「瀬戸口だ。滝川がレールガンで撃たれた時には驚いたよ。こんなことはじめてだ」

「衛星写真を送ってくれ」

「もう送ってある。露出している共生派だけでもけっこうな数だぞ」

露出とは、隠蔽・カムフラージュされていない敵のことをさす。こうしてみると厄介なことに、共生派は戦術画面のレーダーには敵として認識されない。衛星画像その他を駆使した視認《しにん》によるしかなかった。熊本市内での司令部ビル爆破では百人以上の共生派テロリストの存在が確認された。元来、共生派は争いを好まぬ者が多かった。人類側は幻獣共生派について甘く見ていたところがあった、と舞は唇を嚙んだ。

「レールガンの陣地が見当たらないね、点々と歩兵《ほへい》はいるみたいだけど」

厚志の言葉に舞はうなずいた。

「滝川の腕が吹き飛ばされた時の角度。発射源《はっしゃげん》のおよその位置はつかめるか？」

「ああ、三番機から見て十一時の方角だ。今は来須が向かっている」

厚志の視界の端に、微かな発射煙《はっしゃえん》が映った。厚志は横っ飛びに跳ぶと、猛然《もうぜん》とダッシュした。三番機の横を一二〇ミリ砲弾がかすめ過ぎていった。

「もうひとつ、発見したよ！」

正面の画像を拡大。どこから調達したか、ウォードレスを着込んだ数人の共生派がレールガンを地下へと収納《しゅうのう》しているところだった。草を植えつけた屋根を閉じると、彼らの姿は見えなくなった。地響きをたてて隠蔽《いんぺい》された陣地へ向かうが、敵は鳴りを潜めたままだった。三番機はジャイアントアサルトの銃口《じゅうこう》を地下陣地に向けた。

発射音がして、悲鳴が聞こえ、次いで爆発が起こって土砂《どしゃ》を巻き上げた。

「壬生屋、滝川、気をつけろ。レールガンは地下に隠されている」

「あ、あの……降伏《こうふく》とか呼びかけなくてもいいんですか？」同じ人間を殺すことに、壬生屋はためらいを露《あらわ》にして言った。

「滝川は死にかけた。やつらは幻獣と同じだ。わたしの権限《けんげん》で許可する」

「わ、わかりました」

震える声で壬生屋は応じた。


アサルトライフルで抵抗する共生派を排除しながら、来須は物陰へとすべり込んだ。濃厚な緑と土のにおい。生い茂る草木が、視界を悪くしていた。レーザーライフルを二丁のマシンガンに持ち替え、来須は地下に潜む敵を探していた。

こんな戦いははじめてだった。熊本市内で蜂起《ほうき》した共生派とは戦ったが、まさか連中がレールガンを装備しているとは思わなかった。やつらはずっと自分たちの動きを監視していたのだろう。危《あや》うく二番機を失うところだった。狙いがはずれたのは、単なる幸運に過ぎない。

肩先を何かが通り抜け、地面に突き刺さって土煙《つちけむり》を上げた。来須はすばやく移動すると、弾道を計算した。藪の中で、きら、とスコープのレンズが反射した。

狙撃兵まで揃っているのか。来須は瞬間、考え込んだ。

「二百メートル前方、送電塔《そうでんとう》左、椿《つばき》の群落の中に狙撃兵がいる。射撃を集中してみてくれ」

通信を送ると同時に、二番機と三番機のジャイアントアサルトが火を噴いた。曳光弾《えいこうだん》が弧《こ》を描《えが》き、椿の群落に吸い込まれてゆく。逃げたか。勘がそう告げていた。

「引き続き監視頼む」と言いながら、来須は地面を凝視《ぎょうし》した。

かさ、と音がして一匹のイタチが姿を現した。何故か、来須の姿を認めても平然と周囲をうろつきはじめた。来須が黙って見守っていると、イタチはおもむろに地表をひっかきはじめた。草を植えつけた土が剝がされ、トタンの地が露になった。

来須が匍匐《ほふく》しながら近づくと、イタチははじめて相手に気づいたように、尻尾《しっぽ》を震わせ逃げ去った。地表にわずかにトタンが見えている。固められた土には周辺のものと同じ雑草が植えつけられていた。

来須はウォードレスのポーチを探ると、手榴弾を取り出しピンを抜いた。トタンを持ち上げ、手榴弾を放り込む。そのまま転がるようにして、その場を離れた。ほどなく轟音が起こって、トタン板が吹き飛ばされた。確認するとひと坪《つぼ》ほどのスペースにウォードレスを着た共生派が折り重なるようにして倒れていた。

「レールガンのクルーを始末《しまつ》した。武器自体はまだ使えるかもしれん」

通信を送ったところで再び土煙が上がった。狙撃用アサルトライフルか。至近距離《しきんきより》からでなければ来須の武尊を貫通《かんつう》することはできない。

「帰還《きかん》する」短く言うと、来須は小隊の方角に向かって駆けた。

数人の共生派がアサルトライフルを向けていた。

壬生屋の一番機は、彼らに超硬度大太刀を向けたまま、たたずんでいた。

「殲滅せよ」と芝村さんは言ったけど、これは何？

壬生屋は恐れる様子もなく士魂号の前に身をさらしている共生派を見下ろした。

「あの……瀬戸口さん」舞ではなく瀬戸口を呼び出していた。

「どうした、壬生屋。こちらは小型幻獣を撃退《げきたい》したぞ」

「共生派の人たちが、士魂号の前に立っているんです。アサルトライフルなんかで勝てるわけないのに。どうしましょう？」

沈黙があった。

壬生屋は不安げに、共生派を見つめていた。

狂信者《きょうしんじゃ》？

士魂号が一歩踏み出せば彼らはあっけなく踏み潰される。

「忘れるな、壬生屋。滝川が殺されかけたんだ。やつらは幻獣と同じと考えていい」

「け、けれど……」

不意に射撃音がして、後方ですさまじい爆発音が起こった。熱風を浴びて、機体が前につんのめった。何が起こったのかとレーダードームをめぐらすと、硝煙の中から来須の武尊が姿を現した。

「おまえの背後から、プラスチック爆弾を背負った連中が忍《しの》び寄っていた」

そう通信を送ると、来須はさらに駆けて、逃げ去る共生派をマシンガンで倒していった。

「わたくし、こんなことって……」

自爆攻撃。壬生屋は混乱して、言葉を失った。なんということ。なんでそんな。人間同士で殺し合ってなんの意味があるのか？

「壬生屋、戻れ」瀬戸口の声が優しく響いた。

「俺たちには理解できないことだ。すぐに戻れ。戻ったら、子守唄でも歌ってやるよ」

「わたくし子供じゃありません！」

「ははは。その調子だ。じきに小休止する。その時にまた会おうな」

壬生屋はぽっと顔を赤らめた。小休止っていうと、またあんなことするのかしら。きっとみんなにからかわれるに違いないわ。不潔《ふけつ》です、と決まり文句《もんく》を口にしようとしたが、言葉が出てこなかった。「小休止……」壬生屋は口の中でつぶやきながら、士魂号を走らせていた。

「終わったか」

機銃を肩にして戻ってきた橋爪を見上げ、鈴原は無表情に言った。鈴原は医薬品を積んだ軽トラに田代とともに同乗していた。田代は二番機の修理へと向かい、鈴原はたったひとりで軽トラの留守番をしていた。

「まあな、小型幻獣の攻撃は大したことはなかったけどよ、先生も見ていたろう。士魂号の腕が吹っ飛ばされた。幻獣共生派のしわざらしいぜ」

橋爪は嫌悪《けんお》感《かん》を露にして言った。その様子を見て、鈴原はふっと笑った。

「なんだよ、俺、変なこと言ったか？」

「共生派の連中もやるもんだと思ってな。この隊のことは道すがら聞いたよ。なんでも九州総軍最強だというじゃないか」

なんだか引っかかる言い方をするな。橋爪は首を傾げたが、

「ああ、変わり者が揃っているけどな。すげえ連中だよ」と言った。

「田代とやらも同じことを言っていた。わたしが見る限り、彼女も変わっているがな。将来の夢は看護婦さんだと」

あの赤毛がなあ、と橋爪はかぶりを振った。

「けどな、共生派があんなに手強《てごわ》いとは思わなかった。レールガンを持っているなんてな」

「八代会戦《やつしろかいせん》で捕虜《ほりよ》になり、幻獣共生派になった連中もいるという噂だ。わたしたちは共生派について知らな過ぎる」

「そうなのか？」橋爪は驚きに目を見張った。

「むろんデマの類《たぐい》だろう。幻獣というやつは自動的に人間を見れば殺す。そうだろう？」

「ああ、そう教えられた」

「当局《とうきよく》も共生派には容赦がない。その種の言動を取っただけで即《そく》行方不明、一般人から隔離《かくり》だ。だから、共生派はますます秘密のベールに包まれる」

「先生は何が言いたいんだ？」橋爪は困惑して、怪《あや》しむように尋ねた。

「世間話というやつだ。さて、怪我人は？」

鈴原は軽トラを出ると、白衣をなびかせて小隊員のもとへ歩いていった。

「こいつはひどいな」

狩谷夏樹は忌々しげに、二番機の傷跡を点検していた。

砲弾は二番機の左腕の上膊《じょうはく》に命中、爆発した。上腕《じょうわん》の関節ごと、二番機は左腕をもぎ取られた。傷跡からは士魂号の血管というべきチューブが垂れ下がり、血液代わりのたんぱく燃料がしたたり落ちていた。狩谷はそれを応急処置で止め、補給車に積んであるスペアのチェックをヨーコ小杉《こすぎ》に頼んだ。

爆発が起こって、二番機が転倒した瞬間から、森は泣き出して、今は使いものにならない。軽装甲とはいえ士魂号の頑丈さが幸いし、滝川はわずかの間、軽い脳震盪《のうしんとう》を起こしただけで済んだが、戦闘終了後、コックピットから出てきた滝川に、森はすがってわんわんと泣いていた。ヨーコはこんな場合でも落ち着いていた。イタリア出身の帰化人《きかじん》で、日本語に不自由なところはあるが、精神的には最も安定しているひとりだった。整備員としては並というところだが、狩谷はヨーコを信頼していた。

「二番機の左腕、スペアなしですネ。一番機だったら右左二本ずつ用意してありますデス」

ヨーコが戻ってきて狩谷に報告した。現在、備品の管理は狩谷が行っているが、もしかしたらとヨーコに再点検させたのだ。

「原さんは壬生屋ビイキだからな」

狩谷は苦笑した。原の壬生屋ビイキはともかく、斬り込み隊長で白兵戦闘が専《もっぱ》らの壬生屋の重装甲は損傷も多く、スペアを用意するのは当然と言える。

「しょうがないな。中村、一番機の左腕のスペアなんだけど、使ってもいいか？」

「おう、よかよ」一番機の責任者の中村は快《こころよ》く応じた。

「二番機の腕を装着するまでどれくらいかかる？」

機体を降りた舞が尋ねてきた。

「そうだね。一時間あればなんとか。僕はこの通りの体だから、ちからわざの実作業は無理なんだ。装着は……原さん以外だったら森がいいんだけど、中村と岩田に頼むかな」

「ふむ」

滝川にすがって嗚咽する森を舞は見やった。舞の視線に気づいたか、森がきっと顔を上げた。目に怒りの色が浮かんでいる。

「大丈夫ですっ！　わたし、やれますから。滝川君をこんなにして！　許せないわ！」

森は嗚咽を止めると、すっくと立ち上がった。

「おいおい、俺は少しの間、気絶していただけだって。大丈夫だよ、森」

滝川が安心させるように言うと、森は「それでも！」と強い口調で言った。

「一時間なんてかからないわ！　三十分あれば十分です！　大介、ヨーコさん、一番機の左腕スペアをクレーンに積み込んで。滝川君は軍医さんの診察《しんさつ》、受けて！」

「あ、ああ……」

滝川は曖昧《あいまい》にうなずくと、白衣の女医に目を留めた。傍らには逆モヒカン、じゃなかった橋爪とやらがつき添っている。

「二番機パイロットの滝川です。ちょっと脳震盪を起こしたらしくて……」

滝川が神妙に挨拶をすると、鈴原は「ふうむ」と気難しげにうなった。おもむろに指を伸ばし、眼球をひっくり返すようにされ、「頭痛《ずつう》や吐き気はないか？」と尋ねられた。

「えっと、特にはないっす」

「強い衝撃を受けると、脳内で内出血《ないしゅっけつ》することがある。何か異状を感じたら言うように。ところでおまえ、小さいが頑丈な骨格をしているな。頭蓋骨も立派だ」

逆モヒカンが、へへっと笑った。

「この先生、骨マニアらしいぜ。部屋中、頭蓋骨で飾られていた」

「マ、マジかよ……」滝川は当惑《とうわく》顔になると、逃げるように走り去った。そして、適当なところで長々と横たわる。次の戦闘に備えて、少しでも体力を温存《おんぞん》しておきたかった。

「たんぱく燃料管、縫合。違う、大介、三番の電子針を取って！」

「二番だって同じだろ」

「馬鹿、いつまで経ったら覚えるのよ。同じじゃないから二番と三番があるのっ！」

滝川の視界に脚立《きゃたつ》に乗った森が、腕の装着に奮戦《ふんせん》している様子が見える。一生懸命《けんめい》な森は好きだな、と思いつつ、滝川はうつらうつらと眠り込んだ。

コックピットを開け、壬生屋が地面に降り立つと、瀬戸口がにやりと笑いかけてきた。

「一時間の小休止。二番機の点検・修理で時間ができた」

「え、一時間もですか……?」壬生屋は顔を赤らめた。あんなこと、またするんだろうか? けど一時間は長過ぎる。どうしよう。

壬生屋は下を向いた。

「未央ちゃん、おかえりなさい。ゆっくりやすんで」

瀬戸口の後ろから、東原が姿を現した。壬生屋はほっとしたような、ちょっと残念なような複雑な表情で東原に、「ただいま」と言った。東原は後ろ手を組んで、何かを隠し持っているらしい。「えへへ」と笑うと、メロンパンを差し出した。

「みんなで一緒に食べようよ」

「そ、そうですね」

瀬戸口はメロンパンを三つに割ると、東原をはさんで指揮車上に座り込んだ。甘い。けっこう幸せかも。

壬生屋はメロンパンを大切に噛み締めた。戦闘の連続で体が糖分を求めているのだろう。表面にまぶしてあるざらめが、かりっと歯に当たった。

黙々とメロンパンを頬張《ほおば》る壬生屋を見て、瀬戸口と東原は顔を見合わせて微笑んだ。

「大変だったな」

瀬戸口に言われて、壬生屋は「……ええ」と応えていた。殺せなかった。なのにあの人たちは自爆攻撃まで仕掛けてきて……。

「俺もはじめてさ。あんなにたくさんの共生派を見るのは。熊本の騒ぎどころじゃなかった」

「なんだか不安です。また襲ってくるんでしょうか？」

　壬生屋は憂鬱な表情になった。瀬戸口は微笑んでいた口許を引き締めた。

「正直なところ、これから先、何が起こるかわからない。だが、共生派は敵だ。今度は迷わず戦って欲しいんだ。自分を守るためにもな」

「ふぇぇ、隆ちゃん、こわいかおになってる」東原が、泣きそうな顔になった。

「ははは、悪い悪い。けれど、壬生屋。おまえさんの肩に俺や東原、隊のみんな、友軍の命がかかっていることだけは忘れるな。それだけは言っておく」

「はい」

　憂い顔を引き締め、壬生屋は応えていた。

　そうだ、わたくしは何を迷っていたのだろう？　わたくしには士魂号のパイロットとして、果たすべき責任がある。ためらいは敵だ。来須さんが助けてくれなかったらわたくしは死ぬところだった。

「未央ちゃんもこわいかおになってる」

「あ……なんでもないんですよ。メロンパン、おいしかったです」

　そうだ、みんなを守らなきゃ。そう思いながら、壬生屋はにこっと微笑んだ。

福岡市自衛軍検問所前　一八〇〇

福岡市内を間近に控えた路上で、善行は検問に遭っていた。

相手は学兵の交通誘導小隊ではなく、自衛軍の憲兵だった。明らかに学兵とわかる制服を着た善行と原に憲兵は疑いの目を向けた。

「所属部隊名と官職、姓名をうかがいたいのですが」上級万翼長《ばんよくちょう》の階級章を見て、憲兵は丁寧《ていねい》な口調で尋ねた。

「5121独立駆逐戦車小隊司令・善行忠孝です。こちらは同じく同整備班主任の原素子。我我はこれより原隊《げんたい》へ戻るところでしてね」

善行は、あっさりと身分を明かした。

憲兵相手にトラブルを起こすのは賢明《けんめい》とは言えなかった。今時のご時世、場所によっては警官より数が多い。しかも全国的なネットワークを持っている。あの黒服たちは、おそらく憲兵隊とはつながりがないだろう、と賭けてみた。

案の定、詰所《つめしょ》の端末を参照した憲兵は首を傾げながら戻ってきた。

「5121小隊は曙号で岩国へ向かっているとのことですが。どういうことです？」

なるほど、それが準竜師の命令か、と善行は考えながら口を動かしていた。

「大牟田貨物駅にて戦闘が起こりましてね。命令は一時中止、我々は熊本・福岡間の連絡を維《い》持《じ》するためにもうひと働きというわけですよ」

「しかし何故……門司方向から？」

「岩国に駐屯地設営《せつえい》のための検分《けんぶん》に行きましてね。連絡があったゆえ、隊との合流を急いでいるところです」

「なるほど」憲兵はなおも疑わしげな表情をしていた。

「ところで、熊本・福岡《ふくおか》間の連絡はどうです？　大牟田が襲われたというのはかなり深刻《しんこく》な問題でしてね。下手《へた》をすれば九州中部域戦線の全軍が包囲され、殲滅《せんめつ》されます。福岡市内の軍の動きはどうなっていますか？」

善行は相手を煙《けむ》に巻くように、逆襲に転じた。憲兵の顔に微かな狼狽《ろうばい》が走った。

「それは……」

「あなたがたの役目は不審者を取り締まることでしょう。わたしたちにはなんら疑わしいところはないはずです。ただし……」

善行は言葉を切って、憲兵に笑いかけた。

「この乗り物は相当に怪しいですがね。今は一刻を争います。通していただきたい」

憲兵は考え込んだあげく、敬礼をした。

「どうぞ、お通りください。ご武運《ぶうん》を祈ります」

福岡市内は軍の車両で混雑していた。トラックに満載された兵らが、真っ赤なサイドカーに好奇の目を向ける。自棄《やけ》になったか、原はそのたびに、にこりと笑って手を振っていた。

「さっきのことだけど。どうして通してくれたのかしら？」

原が尋ねると、善行は苦笑を浮かべた。

「それだけ忙しいのですよ、彼らは。今、続々と軍が九州から撤退している。中には死守《ししゅ》命令を受けたにも拘《かか》わらず、本土へ脱出する兵も多いはずです。軍紀が厳正《げんせい》に保たれるのはね、戦争に勝っている時か平時《へいじ》だけですよ」

「自衛軍でもそうなの？」

「ええ、どんな精鋭部隊でも、一度臆病風に吹かれ、それを止めることができないと軍紀は崩壊します。半島から脱出する時も大変だったそうですよ、但野大尉《ただのたいい》から聞いた話ですがね」

「但野さんって刑務所長《けいむしょちょう》の？」原は意外だというように目を剝《む》いた。隊員の田代香織の保証人《ほしょうにん》であり、原もずいぶんと世話になっている。初老の穏やかな紳士だった。

「あの人は凄腕《すごうで》の憲兵ですよ。おそらく、今頃は門司方面で本来の任務に戻っているでしょう。関門橋をはじめ、海峡の交通機関がこの間のテロのように破壊されたら終わりですから」

「そうねえ……あっ、ラーメン屋さんが開いている！　ねえ、善行さん、ラーメン。わたしとんこつラーメンは博多の方が好きなのよね。食べていこうよ。五分だけ、ね、五分だけ！」

如何《いか》にも老舗《しにせ》といった感じのラーメン屋には兵がちらほらと群がっていた。何故こんな時にラーメン屋が……と善行はあきれて通り過ぎようとしたが、

「ラーメン！」

原のすごみある一喝《いっかつ》にしぶしぶとサイドカーを停めた。

暖簾《のれん》をくぐると、立ったままラーメンをすする兵たちが一斉にこちらを見た。カウンターの中では自衛軍の制服を着た兵が、麺《めん》を茹《ゆ》でていた。

「ラーメン、食べたいんですけど？」

状況がわからなかったが、とりあえず原は話しかけてみた。カウンターの中にはふたりの兵が働いていた。店内は立ち食い客が出るほど混雑している。

麺を茹でている兵がにやりと笑った。

「一見《いちげん》さん、入られんって言いたいとこやけど、ちょっと待ってんしゃい。ああ、そこの上級万翼長閣下も。すぐにつくるけん」

「どういうことです？」善行は店内を見回して尋ねた。中にいるのは自衛軍の兵、兵、兵だ。

「疎開《そかい》しとった店にくさ、材料が残っとったたい。だけん炊《た》き出しばしよるです。俺ら元はコックやけんね」

自衛軍の軍曹《ぐんそう》はとんこつスープが入ったどんぶりに麺を流し込むと、チャーシューと細かく刻んだ青ネギを手早く載せる。

差し出されたどんぶりから、独特のにおいが立ち昇ってくる。原は受け取るとラーメンをひとロすすった。

「おいしいわ」

「そりゃよかった。そちらの閣下も」

そういや岩国から何も食べていなかったな、と思いながら善行はどんぶりを受け取った。

「珍しかねー、その制服」兵のひとりが声をあげた。兵たちの視線を浴びながら、原は、にっこりと笑ってみせた。

「わたしたち、熊本で戦っているの。これから原隊へ戻るところよ」

「戦況はどうです？　ずいぶん街が騒がしいようですが」

原がよけいなことを言わないよう、善行がすかさず兵らに尋ねる。麺をすする音が店内に響く中、「大負けに負けとるなぁ」と誰かが言った。

「俺らはちょっと前に九州自動車道ば使って熊本から引き揚げてきた。場所によっちゃ、自動車道のすぐ近くまで敵が来とるばいね」

「なるほど。状況は悪化していますね」

九州自動車道は鹿児島本線と並んで戦略的に最も重要な連絡ルートだ。鉄道による輸送《ゆそう》には限りがあるから、熊本と福岡を結ぶ生命線のようなものだった。今も続々と、兵らは福岡に撤退していることだろう。

「これからどうなるんかね？　福岡を拠点にまたひと戦《いくさ》かね」

兵のひとりがぼやいた時、爆発音が響いた。次いで二〇ミリ機関砲の物騒な射撃音。

「敵襲っ！」往来《おうらい》で切羽《せっぱ》詰まった声が聞こえた。

善行と原は急いでラーメンをすすると、外へ飛び出した。数機のきたかぜゾンビが市内を掃《そう》射《しゃ》している。すぐに応戦の砲火が戦闘ヘリに集中し、きたかぜゾンビは炎を上げながら次々と撃墜《げきつい》されていった。

「博多《はかた》にまで敵が来るとは……」善行はつぶやくと、サイドカーに乗り込んだ。

「これからどうするの？」

「自動車道を南下します。菊池方面へ赴《おもむ》く友軍と合流できればなんとかなるでしょう。相当厳しい道行きになりそうですがね」

三加和町・幻獣軍包囲陣後方五キロ地点　一八三〇

赤々とした夕焼けが山の端《は》を照らし出し、東の空はしだいに闇に浸食《しんしょく》されつつあった。夕暮れ刻《どき》になっていた。東原ののみは戦闘指揮車の上に登って、空を見上げていた。

下弦《かげん》の月が天空に浮かんで、その傍らには黒い月が不気味《ぶきみ》に寄り添っている。星がまたたき、昼間の暖かさとはうって代わって肌寒い風が吹き抜けてゆく。

東原の隣、機銃座からは石津も空を見上げていた。

「ねえ、萌ちゃん、ブータどうしたんだろうね」東原が心配顔で尋ねた。

「近くまで……来ている……わ」石津は東原を安心させるように微笑んでみせた。

「きっと……わたし……たち……を……見守ってくれていたの」

石津はそう続けると、周囲の藪に目を凝らした。がさ、と音がして、一匹の獣が姿を現した。

全長一メートルの巨体に、ぼろぼろになったマントを羽織《はお》っている。全身、汚れ放題に汚れ、傷痕もところどころに見られた。

「あ――、ブータだ！　隆ちゃん、ブータがかえってきたよ！」

東原は目を見張って、車内に呼びかけた。

「帰ってきたって、まさか」

瀬戸口がハッチから飛び出すと、ブータが、ふんという顔で見上げてきた。東原はブータに駆け寄ると、むしゃぶりついた。

「にゃにゃにゃ！」

狼狽《ろうばい》するブータの声。石津は車内に戻ると猫缶と消毒液《しょうどくえき》を持ってブータの前に立った。

「にゃ、にゃ、にゃ――」感謝の意を表して猫缶にかぶりつくブータの傷口を、石津は丁寧《ていねい》に脱脂綿で洗った。

「そなた……ら……は危なっかしくて……見ていられなかったって」

石津の言葉に瀬戸口は苦笑いを浮かべた。

「ははは。その言葉はそっくり返すよ。その傷はどうした？　イタチにでも齧《かじ》られたか？」

「イタチ大王……は……我が盟友《めいゆう》だって」

「なんだかなー。ま、いいさ。そろそろ出撃だ。石津、東原、こいつの面倒は頼んだぞ」

日はとっぷりと暮れ、頭上には下弦の月が微かな光を落としている。

来須は藪の中をすべるように走っていた。最新式のウォードレス・武尊は驚くほど軽く、速く、そして頑丈だった。道路上を進む本隊の斥候《せっこう》・先発として、来須は包囲された兵と接触しようとしていた。

県道では敵が幾重《いくえ》にも包囲陣を敷《し》いているだろう。来須は迷わず、藪に沿って行くことを選んだ。周辺は山がちで、樹木が生い茂り、隠密《おんみつ》行動を取るには都合が良かった。

途中、暗視《あんし》ゴーグルに小型幻獣の姿を認めたが、やり過ごし、ひたすら三加和町の方角をめざした。不意に本能が危険を告げた。迷わず木陰に伏せると、頭上を一発の銃弾がかすめ過ぎていった。昼間の共生派か。来須は考え込んだ。

相手をしている余裕はない。しかし、相手は自分と同じく暗視装置を装着し、おそらくは戦闘にも慣れているはずだ。

「ハツカネズミがゲームを仕掛けてきた。相当にずるがしこいやつだ。どうする？」

ハツカネズミとは、舞らと打ち合わせして決めたちょっとした暗号だ。共生派のことをさす。小型幻獣はハゼ、中型はウツボと決めてあった。「おいしそうなハゼが飛び跳ねている。釣ってもかまわないか？」と言ったら、小型幻獣を狩る絶好《ぜっこう》の状況にある、との意味だ。小隊の無線を共生派が傍受している可能性があるため、念のためということだ。

「キャンセルできないか？」

舞の声が返ってきた。来須は、黙って相手の位置を計測した。暗視ゴーグルに映る藪には気配は感じられぬ。すでに相手は移動しているだろう。同じ位置に留まって、立て続けに狙撃することは控えているらしい。慎重な相手だ。

「努力してみよう。また、連絡する」

夜の森は深閑《しんかん》としていた。自分のたてる物音だけが響く。この先を抜ければ尾根《おね》に出る。そのすぐ下には山間部のささやかな田園地帯が広がっているはずだ。相手はおそらくそれを待ち構えているだろう。

不意にざざざ、と藪が鳴って、数匹の獣《けもの》が尾根の方角へと向かっていった。来須は首を傾げながらもそれに追随《ついずい》する。数匹のイタチが月明かりの下、藪陰に潜り込んでしきりに物音をたてている。

た——ん、と音がして銃弾が藪陰に吸い込まれた。

来須の暗視ゴーグルは、敵のスコープのきらめきをとらえていた。レーザーライフルを構えると、すばやくスコープをのぞき込んだ。

ウォードレス姿の敵の、はっとした顔がこちらを見ていた。伏せようとする相手に引き金を引いた。レーザー光は、相手のどこかを貫通したらしく、敵は斜面を転げ落ちていった。

「あいつは……」

藪陰に視線を移すと、イタチの群れは何事もなかったかのように堂々と尻尾を揺らして、来須の横を通り過ぎていった。先頭のイタチが振り返った。視線が合って、来須は苦笑を浮かべた。共生派の隠れ場所を教えてくれたやつだ。

　ポシェットを探って、糖分摂取用《せつしゅ》のチョコレートを投げた。イタチは器用に口で受け止めると、またたく間に姿を消した。

「ゲームをキャンセル。イタチに救われた」

「イタチとはどういう意味だ？」舞が当惑《とうわく》した口調で問い返してきた。

「本物のイタチだ」

「たわけたことを……そなたの冗談はつまらんぞ」舞は不機嫌な声で言った。

「ははは。なんでもブータの仲間とやらしいぞ。そんなことより、これからが正念場《しょうねんば》だ。おまえさんの位置から二百メートルほどのところに町営《ちょうえい》の図書館がある。まずはその建物を探ってみてくれ」

　瀬戸口が口をはさんできた。

　眼下の田園風景の中に三階建てのビルがあった。ここいらが最前線とすれば、友軍が拠点《きょてん》として使用しているかもしれない。来須は尾根をすべり降りていった。

　野菜を栽培《さいばい》していたのだろうか、ビニールの残骸《ざんがい》に足を取られながらも、来須は匍匐《ほふく》して図書館に忍び寄っていた。建物はしんと静まり返っている。外灯は消え、玄関付近には放置された自転車が数台横倒しになっていた。建物には不釣り合いな両開きの大きなガラス製の扉は開け放たれ、図書館だからか窓は小さかった。三階部分の窓を凝視する。

　半開きになっていた。レーザーライフルを肩に背負い、来須はマシンガンを構え、扉へと接近した。内部から、ちかっと光が灯ってすぐに消えた。

「そのまま武器を捨て、こちらへ来い」

相手は暗視装置を持たぬ。懐中電灯の光を一瞬灯して、こちらの位置を確認したのだろう。

「俺は5121小隊の来須だ。本隊はすぐそこまで来ている」

来須はマシンガンの銃口《じゅうこう》を上に向け、敵意のないことを示した。確信があった。暗視装置を持たずに、懐中電灯とは！　装備劣悪《ひつあく》な学兵の戦車随伴歩兵そのものだ。

「5121だって？　士魂号のか？」

相手の口調が変わった。学兵の間では5121小隊は有名な存在だった。

「ああ、包囲解除《ほういかいじょ》に来た。そちらの様子はどうだ？　三十個小隊が包囲されていると聞くが」

「とにかく中へ」

建物に入ると、数人の学兵が受付カウンターから姿を現した。

「最前線はここか？」

学兵たちはくたびれた互尊に身を包んで、武器といえばアサルトライフル。腰に超硬度カトラスを帯びているだけだった。拍子抜け《ひょうしぬ》けする思いで来須は尋ねた。

「最前線の端だな。まともな部隊は県道付近に展開している。明日の早朝《そうちょう》、戦車を先頭に押し立てて包囲を突破する予定だった」

はじめに来須に声をかけてきた学兵が説明した。

「……たぶん失敗するだろうがな。俺たちは逃げる途中で装備、車両のほとんどを失った。

全滅を覚悟していたところだ」

「すぐに戦闘がはじまる。県道付近の前線に移動していろ」

来須はそう言うと、５１２１に通信を送った。

「現在、イルカを発見したところだ。イルカの群れは明日早朝、曲芸《きよくげい》を披露《ひろう》するらしい」

「ふむ。群れの様子を聞いてみてくれ」舞が冷静に言った。

「現在の戦力は？」

「昼の戦闘で三分の二ほどに減った。自衛軍の少佐《しようさ》が指揮を執《と》っているんだが、詳しくはそちらに聞いてくれ。司令部の場所は公民館《こうみんかん》だ。ここから徒歩《とほ》で三十分ほどの距離にある。無線の周波数は……」

意外な援軍の出現に、希望を持った学兵の口はなめらかになった。

図書館守備の兵を引き連れ、来須は月明かりの下を公民館へと向かった。

公民館前の駐車場には、自衛軍の迷彩がほどこされた双輪式戦車《そうりんしきせんしや》が五両停車していた。機銃座に陣取った兵が誰何《すいか》してきた。部隊名と目的を告げると、すぐに少佐のもとへ案内された。

少佐はノートパソコンで衛星画像を見ながら考え込んでいた。

来須の姿を認めると、「５１２１が来てくれたか」と険しい表情を和《やわ》らげた。

「〇一〇〇時より、５１２１小隊は敵包囲陣に攻撃をかける。それと連動《れんどう》して攻撃を行ってもらいたい。詳しくは小隊司令と話してもらいたいのだが、無線が共生派に傍受《ぼうじゆ》されている可能性がある。注意してくれ」

そう言うと、あらかじめ舞と決めていた暗号コードを少佐に手渡した。ごく幼稚《ようち》なものだが、用心に越したことはないだろう。

「共生派が？」安藤《あんどう》と名乗った少佐は、意外そうに言った。

「士魂号がレールガンに狙われた。ある程度の規模の軍と言ってもいいだろう」

「……わかった。周波数を教えてくれ」

ほどなく舞の不機嫌な声が通信に出た。

「宅配便の荷物は届いたか？」少佐が首を傾げると、来須は黙ってコード表をさした。そして、「調子を合わせてくれ」とぼそりと言った。

「ああ、届いた。サーカス団がノミの曲芸をするそうだが」

「必要な用具は揃えてある。そなたらは曲芸がはじまったら、拍手をしてもらいたい。熊を先頭に。ウサギたちはあとに続け」

午前一時に士魂号が攻撃を開始し、それに連動して県道を進むという作戦だった。単純といえば単純過ぎる作戦だが、士魂号の打撃力を計算に入れれば十分に成算《せいさん》はある。少佐はそれを単独でやろうと考えていたから、異存《いぞん》はなかった。

「了解した。宅配便の荷物は送り返すか？」

「そちらで使ってくれ。ノミ一匹分の働きは十分にできる優秀な荷物だ」

どこからか雲が流れてきて、下弦の月を隠し、あたりは暗夜となった。春の宵《よい》の濃厚な草木のにおいが、空気中を漂い、隊員たちの心を騒がした。二四三〇。三機の士魂号は出撃準備を終え、残りの隊員たちはそれぞれの持ち場に散っている。

山間部に近く、夜は冷えるからか季節はずれの虫の音《ね》が聞こえてきた。舞と厚志は複座型のコックピットで、攻撃開始の時刻を待っていた。

「けどさ、ノミはないんじゃない、ノミは」

厚志はなんだかなーという口調で話しかけた。ふたりとも感情を完璧《かんぺき》にコントロールできる緊張とは無縁《むえん》の存在だったが、それでも会話がないのは寂しい、と厚志は思った。

「たわけ、象《ぞう》とかライオンにしたらすぐに士魂号であることがわかるだろう。それに、わたしは以前、ノミの曲芸を見たが、それは見事なものであったぞ」

ノミの曲芸ねえ……厚志はため息をついてみせる。コードネームはすべて舞の趣味だった。覚えるのにけっこう時間がかかる。

「そなたの記憶力のテストをしてやろう。照明弾は？」

「くす玉」

「複座型は？」

「青ノミ」そんなもんいるの？　と言おうとして、厚志は思い留まった。

「なあ、俺の二番……じゃなかった赤ノミ、相当格好悪いんだけど」滝川が通信を送ってきた。一番機の漆黒の左腕を装着したため、配色に若干《じゃっかん》難がある。

「たわけ！　通信は禁止と言ったろう」舞が怒鳴りつけると、滝川は黙り込んだ。

「まあ、いいじゃない。昼間になったら散々《さんざん》、曲芸しなきゃいけないんだからさ」

厚志が取りなすように言った。昼間、とは傍受しているだろう相手を意識した言葉だ。それに、滝川には人に話しかけないと耐えられない事情があるんじゃないかと厚志は考えていた。二カ月間、一緒に戦っていればわかることだ。きっと何か事情がある。

「ピエロ1ですけど。た……赤ノミ君をイジメないでください。そうでなくても、ひどいめに遭っているんですから！」

ピエロ1とは森のことだ。森は恐怖、不安を敵への怒りに転化《てんか》していた。普段の内気な森とは少々人間が異なっている。ぬけぬけと滝川をかばっているのはその表れだろう。

「ははは。皆さん、そうテンぱらずに。赤ノミ、良い夢見られたか？」ちなみに瀬戸口のコードネームはモギリその1だ。

「あ、はい。モギリその1さん。海がきれいで、空が青くて」

「う～ん、モギリ呼ばわりされると、なんだか腹がたってくるな。青ノミ1よ、もしかして俺に恨みでもあるのかな」

瀬戸口の柔らかな声が通信回線を流れる。腹がたつ、というのは冗談だ。厚志と舞以外は緊張しているゆえ、適当にしゃべっているに過ぎない。

「それしか思い浮かばなかったのだ。なんならトイレ掃除に変えてやろうか？」

「まったく……、想像力が貧困《ひんこん》なやつだな。たとえばルナとかマルスとか、そうだな、神話《しんわ》を使ってもよかっただろう。俺ならさしずめヘルメスだな」

ヘルメスとはギリシャ神話の知恵の神だ。足が速く、泥棒《どろぼう》の神ともされている。

「わ、わたくしも……黒ノミなんて嫌です」壬生屋が割り込んできた。武者震《むしゃぶる》いが激しいのだろう。声が震えている。

「正宗《まさむね》とか、村正《むらまさ》とか、そんな名前がよかったです」

「たわけ！　こんなくだらんことで通信を混乱させるでない！　傍受しているイルカたちはあきれているぞ」

耐え切れなくなったとみえ、舞は憤然として怒鳴った。


「こんなんで大丈夫なのか？　なあ……？」

通信を聞きながら、橋爪は中村、岩田とともに照明弾を発射する位置についていた。大牟田の物資集積所で幸《さいわ》いにも戦車随伴歩兵用の迫撃砲を手に入れていた。専用の照明弾も見つかった。自衛軍専用で学兵は使わない兵器だったが、照明弾と弾薬を運び込みながら、橋爪はつくづくぼやいたものだ。

折《お》り畳《たた》み式の軽量な武器で、しかも威力の大きな榴散弾《りゅうさんだん》が撃てる。こいつを学兵に支給してくれれば、死ななくて済んだやつもいるかもしれないなあ、と。

「これがいつものパターンばいね。気にせんでよか」

中村が平然と応えた。

「フフフ、ところで橋爪さん、女子のソックスに興味はありませんかぁ？」岩田はまったく緊《きん》張《ちょう》とは無縁といった風に橋爪に話しかけてきた。

「女子のソックス？　なんだそれ」

「焦《あせ》るな。アプローチするのはもう少し相手を見極《みきわ》めてからにしんしゃい。生徒会連合の回し者かもしれんからな」中村が厳しい顔で岩田をたしなめた。

「……俺、ちょっと小便してくる」

こいつら病気か？　と小声でつぶやきながら、橋爪は時間を確認した。あと十五分ある。風に当たると言いながらも橋爪は鈴原の姿を探していた。

軽トラの運転席をのぞき込むと、田代がひとり突撃軍歌《ガンパレード・マーチ》をハミングしていた。

「あれ、先生は？」

「先生なら風に吹かれてくるとやらで留守だぜ」と田代。

「そうか、邪魔したな」

橋爪は闇に馴《な》れた目であたりを見回した。ぶらつくうちに、消毒液のにおいが鼻をついた。鈴原の白衣に染み込んだ独特のにおいだ。

闇の中に長く身を置いたせいで嗅覚《きゅうかく》が敏感《びんかん》になっている。においに導《みちび》かれるまま、橋爪は藪をかき分け、遠目に鈴原の姿を認めた。鈴原はしゃがみ込んで、携帯電話のようなものを耳に押し当てている。一瞬迷ったが、橋爪は物音をたてずに忍び寄った。

「こちら鈴原だ。聞こえるか？　……電波の状況が悪い、だと？　馬鹿め、緊急の連絡だ。

なんとかしろ、緊急なんだ！」

　鈴原は険しい顔で、低いが迫力のある声で相手を叱責《しっせき》している。

　橋爪は匍匐《ほふく》すると背後からじりじりと接近した。

「先生」

　鈴原はビクリと身を震わせて立ち上がった。驚愕《きょうがく》に見開いた目を、橋爪に向けた。橋爪はたたずんだまま、そんな鈴原を凝視した。

「どうした？　驚かせるな」鈴原は冷静な声で言った。

「何をしていたんだ？　それ、衛星携帯だろう？」橋爪は鈴原の手許を見やった。

「仲間の医者に連絡を取っていた。どうやらこれからは戦闘が激しくなりそうだからな」

「仲間の医者だと？」橋爪は疑念《ぎねん》に満ちた目を向けた。

「ああ、福岡・北九州・門司方面の総合病院をフル稼働《かどう》させる必要があるだろう。こう見えてもな、わたしの父は医師会《いしかい》の会長だった」

「嘘くせえな」橋爪は吐き捨てるように言った。

「民間の医師で残っている者も多いんだ。わたしは彼らにもう少しだけ九州に留まるように説得をしている」鈴原の口調は冷静だった。

「それで……どうなった？」根負《こんま》けしたように、橋爪は尋ねた。

「大半は本土へ引き上げたあとだったよ。九大《きゅうだい》の付属病院だけは有志《ゆうし》が居残《いのこ》っているらしい」

　わからねえな、と橋爪は思った。世間知らずの先生と思っていたが……。

けど、なんでこそこそと連絡を取らなきゃいけねえんだ？

「軍は信用できん」

「なんだって？」

「医師は拉致《らち》されるように、軍に引き入れられる。患者にも優先順位があってな、自衛軍の兵を優先して治療《ちりょう》しなければならん。そんなシステムがわたしは嫌いだ」

だからやつらも信用できない、と鈴原は言った。

「おおおい、橋爪、何しとるばいね！」

中村の声が聞こえた。あと三分か。橋爪は疑念《ぎねん》が解けぬままに鈴原をうながした。

「行こうぜ、先生。そろそろ時間だ」

鈴原の手を強引につかんで、軽《けい》トラへと連れていった。

「橋爪！　何しとる！」中村が急かす声。橋爪は黙って、鈴原の手に握られた衛星携帯を取り上げた。

「俺も一応、兵隊なんでな。こいつは預かっておくぜ」

鈴原は一瞬、険しい表情を浮かべたが、すぐに冷静な顔に戻ると、「おまえもやっぱり馬鹿な兵隊というやつだな」と言った。

「くす玉用意。打ち上げろ」

舞が指示を下すと、発射音がして照明弾が打ち上がった。ぱあっと空が人工的な明るみを取り戻す。「参りますっ！」壬生屋の気迫《きはく》に満ちた声がコックピットに響き渡った。明るみの中を漆黒の重装甲が駆けていく。両腕に引っさげた超高度大太刀の刀身が、ぎらりと光った。

「我らも行くぞ」

舞が言い終わらぬうちに、がくんと後方へのG。一番機の背中を追いかけるように、三番機は発進していた。

「けど赤ノミはねえよな」滝川は相変わらずぼやきながら、軽装甲を発進させる。

県道付近には十体のミノタウロス、八体のゴルゴーンがたむろしていた。突如《とつじょ》として打ち上げられた照明弾にとまどっているように見える。その真っただ中に漆黒の重装甲が斬り込んでゆく。装甲の薄いゴルゴーンが真っぷたつに断ち割られ、返す刀で一番機はもう一体のゴルゴーンを斬り下ろしていた。この間、わずかに数秒。ようやく目を覚ましたかのように見える敵の突進を易々《やすやす》とかわすと、一番機はさらに一体を血祭りに上げる。

「壬生屋機、ゴルゴーン三撃破。すごいね、未央ちゃん！」

東原の声に励まされたか、一番機はまたたく間にさらに二体。壬生屋機は夜襲接近戦にすさまじい威力《いりょく》を発揮《はっき》していた。

「我らも行くぞ」

舞の声と同時に三番機は最適のポジションに移動、腰を落としてミサイル発射体勢に移る。ほどなく有線式《ゆうせんしき》ジャベリンミサイルが狙い過《あやま》たず、中型幻獣の群れを襲った。ミサイルがミノタウロスの腹に突き刺さり、その分厚い表皮を破る。内部で爆発したミサイルは、敵の体内に蓄《たくわ》えられた生体ミサイルの誘爆《ゆうばく》を起こし、ミノタウロスは跡形《あとかた》もなく四散《しさん》する。闇はオレンジ色の業火《ごうか》によって赤々と照らされていた。

「速水・芝村機、ミノタウロス二、三……七、ゴルゴーン一撃破」

三番機の傍らで爆発が起こった。ジャイアントバズーカの一二〇ミリ徹甲弾《てっこうだん》がミノタウロスの装甲を突き破っていた。

「滝川機、ミノタウロス一撃破《げきは》」

「壬生屋、そのまま県道を突進。我らも追随《ついずい》する。滝川、支援《しえん》を頼む」舞の冷静な声がコックピットに響き渡る。

「了解しました」

「わかってるって」

壬生屋、滝川、それぞれの声が返ってくる。一番機の突進、三番機のミサイル攻撃、そして二番機の支援射撃と、これまでに数え切れぬほど繰り返し、洗練《せんれん》させた戦法だった。特に一番機、三番機の戦闘技術がアップするにつれ、その打撃力は加速度《かそくど》的に向上《こうじょう》していた。

かなたで砲声が起こった。どうやら友軍も動き出したらしい。

最後の中型幻獣をジャイアントアサルトの一連射で仕留めると、三番機は猛進《もうしん》する一番機を追って県道を走り去った。

切れ間なく打ち上げられる照明弾の下、一番機は時にミノタウロスを斬り下げ、時に小型幻

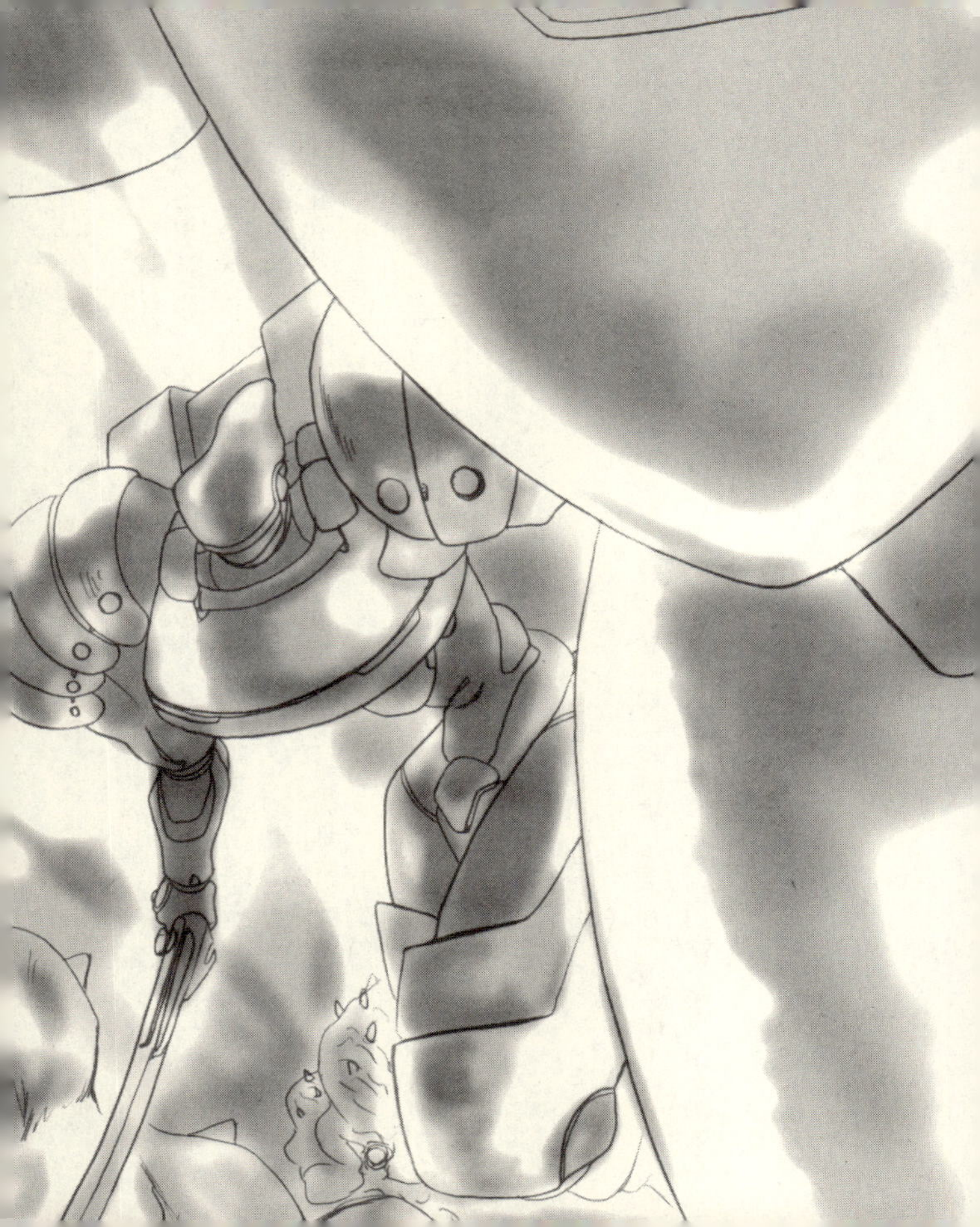

獣を蹴散らしながら、県道を走る。

友軍は、友軍はまだ見えないか？

一心に友軍の姿を求め、時速四十キロの速さで一番機は前進を続けていた。

「あと二キロで友軍の熊《くま》さんたちと遭遇《そうぐう》する。あと少しだ。頑張れ、黒ノミ」

瀬戸口の声が聞こえた。アスファルトの道路を震わす自機の足音を聞きながら、壬生屋は応えていた。

「状況はどうなっていますか？　モギリその1さん」黒ノミと言われると、ちょっと腹がたつ。

仕返しとばかりに瀬戸口のコードネームを口にした。

「周辺から敵の救援が集まりつつある。時間との戦いだ、とにかく急げ」

「わかってます」

そう応えた壬生屋の目に、赤い光が飛び込んできた。あれは……双輪式戦車の探照灯だ。

来須の姿は見えなかったが、砲塔を横に向け、立て続けに射撃している。機銃座では、銃手が
一二〇ミリ滑腔砲の射撃の音の衝撃に難渋《なんじゅう》しながら、押し寄せる小型幻獣を撃ち据えている。

「友軍との接触《せっしょく》に成功しました！」

壬生屋は興奮した声で通信器に叫んだ。わき起こる歓喜《かんき》に何もかも忘れ、ひたすら敵の姿を求めていた。

九州自動車道・八女インターチェンジ付近　〇一三〇

自動車道は空襲《くうしゅう》の跡も生々しかった。八女《やめ》インターチェンジを少し南に下ったあたりだった。前線に近いところではところどころにスキュラが陣取り、射程二千四百のレーザー射撃で一台、また一台と道路上の車両を撃ち減らしてゆく。きたかぜゾンビの大群は、友軍の対空砲火《たいくうほうか》をかいくぐって、路上の車列を機銃掃射していった。三十機に及ぶきたかぜゾンビの編隊などはじめて見る、と善行はあきれ返った。

自動車道の車列の上空に到着するまでに半数ほどに減らされながらも、二〇ミリ機関砲弾《きかんほうだん》をシャワーのように降らす。装甲の薄いトラックは次々と炎上し、搭乗していた戦車随伴歩兵は逃げ惑った。

サイドカーを停め、探照灯を消し、善行は路上に倒れていた友軍の将校《しょうこう》から失敬《しっけい》した暗視双眼鏡を手に、路上の惨劇《さんげき》を見守っていた。ついでに「南無《なむ》、許してください」と両手を合わせ、衛星携帯も失敬してきた。

「やられる時はやられるものだな……」

当たり前のセリフだが、善行は思わず口にしていた。原が隣に立つ気配がした。

「あれが菊池方面への救援部隊なんですが、戦わずして大損害です」

「春の夜、こうしてふたりきりでデートをしているっていうのに。春風がわたしたちの前途《ぜんと》を祝福《しゅくふく》してくれているみたいじゃない？」

「デートねえ」善行は苦笑した。原は自分の気分を察して、わざと能天気なことを言っている。

「多少焦げくさい春風ですがねえ。さて、あの炎の中を突っ切りますか？　それとも炎が収まるまで待ちましょうか？」

「色気のない話ねえ」原はにっこりと笑ってみせた。

きたかぜゾンビは、炎を上げる車両を目印《めじるし》に繰り返し機銃掃射を加えている。友軍の対空砲火で全滅するまで繰り返されるだろう。

「ああ、あんなものが出てきましたよ。珍しいですね」

自衛軍の消火用装甲車が、砲塔に似た放水口から液体を噴出してまたたく間に火を消し去った。特殊な化学薬品を積んだ実験車両だが、出番が遅過ぎる。燃やすだけ燃やして、データでも取る気ですか、と善行と原は顔を見合わせて苦笑いを浮かべた。

「それじゃ出発ね、GO、GO！」原は側車《そくしゃ》に乗り込んだ。

「GO、ねえ」善行は苦笑を顔に張りつけたまま、運転席にまたがるとスロットルを絞った。

救援部隊は空襲を撃退し、再び動き出そうとしていた。トラックを失った戦車随伴歩兵は戦車にビッシリと張りつき、破壊された車両の残骸をそろそろと避《よ》けながら徐行《じょこう》していた。善行のサイドカーは、戦闘指揮車に追いつくと、併走《へいそう》するように走った。

「状況はどうなっていますか？」

声をかけると、機銃手は怪訝な顔で善行らを見つめ、車内へと消えた。代わって、指揮官らしき中佐《ちゅうさ》が顔を出した。

善行は低速走行のまま、敬礼をしてみせた。

「5121独立駆逐戦車小隊の善行です。我が隊は、すでに救出作戦を行っております」

「なんだって……」中佐は敬礼を返しながら顔色を変えた。

「明日《みょうにち》早朝には友軍は全滅するであろうとのシミュレーション結果が出ましてね。僭越《せんえつ》ながら、夜襲戦闘に踏み切ったしだいであります」

「なるほど」

中佐の顔に落ち着きが戻った。5121が煤払《すすはら》いをしてくれるなら、後続の役目を果たすまでだった。自衛軍の面子《メンツ》を潰されたことは忌々《いまいま》しかったが、単独では任務を達成できず、この上級万翼長の言う通り、包囲された友軍は全滅していたろう。元々、無理矢理《やり》押しつけられたような任務だった。軍内部の政治に首を突っ込み過ぎるとこういうジョーカーを引く、と大いに後悔していたところだった。

「協力、感謝する」中佐はそう言うと善行に笑いかけた。

「同行させて欲しいのですが」

「むろん。しかし、何故、司令が現場を離れているのだ？」

「出張の途中でしてね、あわてて引き返しているしだいです」そう言うと、善行は衛星携帯を取り出して5121小隊を呼び出した。

「こちらモギリその1です」

　瀬戸口の柔らかな声が善行の耳に響いた。

「モギリ？　なんです、それは？」困惑する善行に、瀬戸口は声を出して笑った。

「実は昼間、レールガンまで装備した部隊規模の共生派と戦闘になりましてね。連中が無線を傍受していることを見越して青ノミその1が決めたコードネームです。ちなみに上級万翼長閣下は銀やんまだそうですよ。整備主任はピエロ大」

「ピエロ大って何よっ！」

　善行に顔をくっつけるようにして聞いていた原が抗議の声をあげる。

「まあ……それはとにかく、現在、わたしたちは八女インターチエンジのすぐ南まで来て、救援部隊と合流しています。夜明け前までにはそちらと合流できるでしょう」

「それでは遅過ぎる」舞の不機嫌《ふきげん》な声が聞こえた。

「我らは包囲された軍と接触した。あー、銀やんまよ、無能な救援部隊など無視して急げ。わたしは司令としてはまだまだだということを痛感《つうかん》している」

「珍しいですね、し……青ノミさんが弱音《よわね》を吐くなんて」

　善行は苦笑した。しかしまあ、事情はわかる。芝村舞は隊員たちにとっては上官というより、風変わりだがいざという時に頼りになる「芝村の姫様」なのだろう。それとは別に、芝村に対する隊員の根強い違和感と反発はどうしようもないことかもしれない。

「ただ今、救出した諸隊とともに三加和町を脱出したところだ。未だ戦闘は続いているが、山は越えた。これから大牟田へ戻るか、それとも自動車道に道を取り福岡方面に向かうか、そなたに指示を頼みたいのだ」

やるもんだな、と善行は口許をほころばせた。５１２１は三十個小隊の救出に成功した。機嫌良く笑みを浮かべる善行を見て、原も笑った。

「北へ。南関《なんかん》インターチェンジから自動車道へ乗ってください。そこで合流することにしましょう」

「了解した」舞は短く応えた。

原が善行の手から携帯を奪った。

「元気かしら、整備のみんな。森さん、泣きやんだ？」

「あ、だめです！　ピエロ１と呼んでください。それって何時間前の話ですか？」

森の声には不思議な張りがあった。何があったのかしら、と考えながらも原は「それってやめにしない？　なんだかややこしいわ」と言った。

「ええ、けど、赤ノミ君の機体が共生派のレールガンに腕を吹き飛ばされて。大変だったんです。同じ人間なのに許せませんっ！」

赤ノミ君ねえ。滝川君のことか、と原は微笑んだ。心配して、守ってあげたい、と。だから張りが戻っているんだわ。

「すぐに戻るから、もうすぐの辛抱だからね」

原の言葉に、森は「はい！」と元気良く返事を返してきた。

……善行らと併走する自衛軍の戦闘指揮車の中では、中佐が司令部と連絡を取っていた。

中佐にしてみれば、5121小隊を傘下《さんか》に収めた上での作戦成功というシナリオを上層部《じょうそうぶ》向けに思い描いていた。指揮官は自分で、救出作戦の功績《こうせき》はすべてこちらの手に収まる。出世欲の強い人物であった。

彼は派閥の長に対して「定時《ていじ》報告《ほうこく》」を行っていた。

「我々は5121小隊を傘下に収め、包囲された友軍の救出に成功しました。善行上級万翼長は現在、わたしの指揮下にあります……」

しばらくして、中佐の顔色が変わった。「拘束《こうそく》……ですか？」と念を押すように尋ねた。相手の将官はどうやら一方的にまくしたてているようだった。中佐は、「はぁ、はぁ……」とうなずく一方となっていた。

無線機を切ると、中佐は副官に命じた。

「即刻、善行と原を拘束せよ！　ふたりは岩国で中央への招還命令に応じず、脱走している」

副官は密《ひそ》かに、データを参照した。

「ふたりに関して脱走の事実は認められませんが。拘束は不当《ふとう》です」

「黙れ！　すぐに兵を選んでふたりを拘束し、この場にて連絡を待て。命令だぞ」

副官は中立派を自認《じにん》していた。遅々《ちち》として進まぬ我が隊に比べ、5121小隊の功績は見事なものであった。その司令を拘束し、作戦の足を引っ張るわけにはゆかない。車内を見渡したが、オペレータばかりで使える兵はいない。ならば……と副官は腰のホルスターからベレッタを引き抜くと、「わたしが兵を指揮します」と言った。

「うむ。任せたぞ」

中佐はうなずくと、指揮車に停止を命じた。ハッチから降り立った副官を見て、善行と原は首を傾げた。手にベレッタを握っている。しかし停止を命じることもせず、副官はすぐに他意《たい》はないというようにホルスターに収めてささやいた。

「中佐殿から拘束命令が下されました。即刻、停車し、我々の指示に従って欲しいとの命令であります」

言いながら、「逃げろ」と目で合図をしている。

「厄介な上司《じようし》を持ちましたね。念のために大尉殿のお名前をお聞かせ願いたい」

善行は苦笑した。名前を聞いたのは、彼が抗命《こうめい》の罪に問われた時に救うためだった。

「ありがとうございます。上級万翼長殿」

そうと察して副官は苦笑いを浮かべて名を名乗った。善行はスロットルを絞った。

「一発だけ撃ちます」副官はそう言うと、ベレッタを取り出し、空に向けて撃った。その瞬間、サイドカーは車両の列を縫うようにして疾走《しつそう》した。

中佐殿もおしまいだな。そう思いながら、副官はハッチを開け、「残念ながら逃げられてしまいました」と白々《しらじら》しく報告をした。

深夜の自動車道をサイドカーは疾走していた。「救出部隊」ははるか後方に置き去りにされ、発砲してくる様子もなかった。ようやくアクセルワークにも慣れてきた。善行は知らず、スピードを上げていた。風の音が騒々しく、厳しく肌を刺してくる。しかし、善行は何故か久しぶりに爽快《そうかい》な気持ちになっていた。

逃走に成功したからではない。自分と原を欠いた5121小隊が自《みずか》ら作戦を立案《りつあん》し、難しいとされる夜間戦闘を戦い、友軍を救出したことが嬉《うれ》しかったのだ。

状況は絶望的だが、まだまだやれる。善行は目を光らせ、前方の闇を見据えていた。

「あのねえ、風が痛いんだけど！」

原がたまりかねて叫んだ。サイドカーのライトめざして虫が集まり、側車の風防《ふうぼう》に当たって潰れ、張りつく。それだけでも嫌なのに、善行は薄ら笑いを浮かべてぐんぐんとスピードを上げている。善行にイエローカードだと、原は再度、怒鳴った。

「こら！　スピードを下げなさい、暴走銀やんま！」

「はっはっは」善行は珍しく若々しい笑いを発すると、アクセルを緩《ゆる》めスピードを落とした。

「ストレスのせいで、今の僕ちゃんちょっとおかしい、と。そういうわけね」

原が皮肉を言うと、善行は前方を見つめたまま、「そうかもしれません」と言った。

「あと少しで夜が明けます。5121に無事ご帰還というわけですね」

善行の嬉しそうな様子に、原は微笑を誘われた。

「なんだか長い一日だったけど。明日はもっと長い長い一日になるんでしょうね」

「ええ、覚悟しないと」

「行き先には何があるかしら？」原はにこやかに言った。

「絶望、死、破滅──そんなあたりがズラリと。わたしと出会ったのが運の尽きと思って、あきらめてもらいましょう」

善行の横顔は精悍《せいかん》な笑みを見せていた。口許からは白い歯が見える。

「わたしって世界一かわいそうな整備班長よね。戦争が終わったら高くつくわよ」

「ええ、ええ、ホテルオークラでもハワイでも。あなたの気の済むように」

「ふふ、ふふふ」

「ははは」

サイドカーは闇の中を疾走し、消えていった。

南関インターチェンジ近辺・〇二三〇

戦闘はなおも散発《さんぱつ》的に続いていた。

山鹿市西方、三加和・板楠《いたくす》付近の道路上で５１２１小隊と合流した小隊群は、間一髪《かんいっぱつ》のところで幻獣側の再包囲のかんぬきを脱していた。付近には幻獣が集結《しゅうけつ》し、激戦が展開されていた。照明弾の光の下、双輪式戦車の一二〇ミリ砲が火を噴き、九四式機銃が甲高い音をたて七・七ミリ機銃弾を押し寄せる幻獣群にたたき込んだ。

「青ノミ1、菊池市が陥落《かんらく》した。この方面からの圧力もきつくなるぞ。ひと戦闘終えたら、順次《じゅんじ》撤退するべきと思うが」

瀬戸口が、弾薬補給中の舞に通信を送ってきた。舞の視界には、大わらわでクレーンに多目的《たもくてき》ミサイルの弾倉《マガジン》を取りつける整備員たちの姿が映っていた。森が顔を膨らませ何やら叫ぶ。茜が反発しながらもクレーンを操作する。新井木は台車《だいしゃ》にジャイアントアサルトの弾帯を載せ、ヨーコと一緒に運んでくる。

「ジャイアントアサルトの銃身を冷やせ」

狩谷の声がはるか下から聞こえてきた。

脚立に乗った中村がリレー式に冷却水《れいきゃくすい》のバケツを受け取って、三番機の銃身を冷却する。指揮車クルーの加藤はと見れば、同じく弾薬補給中の二番機のコックピットに半身を潜らせて、滝川にやきそばパンの補給をしていた。

なんだ、やれるじゃないか、と舞は思った。無駄口をたたき、時には罵《のの》り合いながらも、小隊員は流れるように機能していた。

こんこん、とコックピットがたたかれ、ハッチが開けられて東原の声が聞こえた。

「えへへ、舞ちゃん、ごくろーさんです」

レーダードームに連結されている舞の網膜は、残念ながら東原の顔を見ることはできなかったが、東原の日向《ひなた》のようなにおいが舞の鼻腔に流れ込んできた。平和で穏やかなにおいだな、と舞はふと思って、我ながら似合わぬたとえに苦笑いを浮かべた。半分に割ったメロンパンが差し出された。

　こ、これは東原の宝物ではないか……。

「おなかすいたでしょ。舞ちゃん、たべて」東原の春の日差しのような温かな気配を背中に感じた。舞は、ふっと笑って、「やきそばパンでよい」と言った。

「そなたの宝物を食べるわけにはゆかぬ」

「だいじょうぶなのよ。がっこうをでるまえに、光弘ちゃんがたくさんつくってくれたの。ざらめがまぶしてあっておいしいよ」

「そうなのか」ならば遠慮せずに、と舞はメロンパンを口に頬張った。

「うむ。はじめて食べるが、うまい、うまいぞ！」

　不足している糖分が体の隅々まで行き渡るような気がする。珍しく感動の声をあげる舞に、厚志は、「あはは」と笑って話しかけてきた。

「舞は『やきそばパン』は散々食べたからね。世の中にはもっとおいしいものがあるんだよ」

「やきそばパンは栄養のバランスが良いのだ」

　昼飯時《ひるめしどき》の教室で、舞はいつでも不機嫌な顔でやきそばパンを食べている。見かねた厚志が、たまに手づくり弁当を持って行くことがあったが、やはり黙々と、それが義務であるかのように食べる。あんなに感動するなんて、東原のメロンパンは特別なんだろうな、と厚志は思った。

「あっちゃんのぶんもあるのよ。ちょっとまっていてね」

東原はコックピットの扉を閉めると、今度は操縦席のコックピットへと向かった。

「黒ノミ、そろそろ帰還して休め」

瀬戸口の柔らかな声が聞こえた。超硬度大太刀を武器とし、弾薬補給の必要がない一番機は戦場を駆け回って、片《かた》っ端《ぱし》からミノタウロスら中型幻獣を片づけていた。戦闘開始からすでに二時間以上が経っているが、剣はいよいよ冴《さ》え渡っている。

敵の突進を、生体ミサイルを易々《やすやす》とかわすと、肉薄《にくはく》し一刀《いっとう》の下に両断する。その姿は合流した諸隊の将兵《しょうへい》を勇気づけた。包囲から救出されたばかりだったが、誰ひとりとして緊張を切らす者はなく、兵らは戦い続けた。

「けれど！　まだまだ戦えます」壬生屋はそう言うと、生体ミサイル発射体勢にあるゴルゴーンに肉薄し、その横腹に突きを入れた。派手な爆発音がして、強酸の飛沫《ひまつ》から逃《のが》れるべく一番機は後方へと跳んだ。

次の瞬間、ビュッと何かが機体をかすめ過ぎていった。かすめ過ぎた物体は、大きく弧《こ》を描《えが》くとゴブリンで埋まっている大地に突き刺さり、爆発した。

またか？

着地《ちゃくち》すると同時に、壬生屋の網膜に不思議な光景が映った。

野良猫《のらねこ》？

雄叫《おたけ》びをあげた野良猫の大群がレールガンのクルーに次々と襲いかかっていた。悲鳴が聞こえ、ウォードレスを着た兵たちが、顔を押さえ、地面を転げ回った。野良猫はそれぞれの兵にピッシリと張りつき、鋭い爪を兵の露出した顔に食い込ませていた。

「モ、モギリ1さん、レールガンに狙われたんですけど、猫に助けられました……」

「猫だって……？　なあ、壬生屋、いいからいったん戻れ。おまえさんは疲れているんだ」

「そう……します」

視覚を失った兵らがよろめきながら逃げ去るまで、野良猫の集団は雄叫びをあげ続けた。子供の頃、竹刀《しない》を手に近所の猫とにらみ合ったことがあるが、戦わなくてよかったわ、と壬生屋はごくりと唾《つば》を呑み込んだ。

あのふっくらしたほっぺた、触りたいな、と滝川はやきそばパンを咀嚼《そしゃく》しながらきびきびと作業指示を下す森を見つめていた。

「なあ、森さんとはどこまでいってるん？」不意に加藤に尋ねられて、滝川はぎくっと身じろぎした。ニセ関西弁女はそんな滝川の様子を見て、笑った。

「前に博物館に行っただけだよ」

「うんうん、照れるのはわかるけど、ここらで一発決めなきゃあかんよ。ウチが見る限り、森さん、ずっと待ってはる」

待ってるって……何を待っているんだ？　あれか？　あれは恥ずかしいぞ。うまくやれる自信がないし、下手すれば歯と歯が、がっちんこだ。

滝川は「う〜ん」と考え込んだ。

「あはは。何へたれてるんや！　ウチなんてもう経験済みや。あれは、いいでー」

「そ、そんなにいいのか？」滝川は餌《えさ》に飛びつくダボハゼのように反応した。

「天国や。あんなええもん知らないで、生きるか死ぬかのやりとりやってるなんて、滝川君は不幸やね。相談料は五百円や」

実は加藤も薄々、滝川の閉所恐怖を察していた。二番機担当の狩谷から、「通信ログがやけに多い。しかも無駄口ばかりだ」と聞いて、なるほどと思った。自分にも滝川ほどではないにせよ不安で、しゃべりまくっていなければ耐えられない時がある。

「払う。払うよ！」

「よろし。まず森さんを呼び出して、じっと見つめる。視線逸《そ》らしたらあかん。緊張して顔がこちんこちんになっても、かまわん。森さんが視線を逸らすまで見つめるんやで。そしたら森さん、目をつぶってくる。あとは顔を近づけてチュッや」

加藤の口から出任せを滝川は一も二もなく信じ込んだ。

そうか、視線か！　気合い勝負なんだな、と滝川は密かに納得した。

「二番機、補給終了。滝川、行けるか？　加藤、とっとと機体から離れろ！」

くそ、どうして狩谷の馬鹿が声をかけてくるんだと滝川は不満げに頬を膨らませた。

戦闘は明け方まで続いた。

南関《なんかん》インターチェンジへの撤退を共通目的として、損害の多い隊を退《しりぞ》かせ、追いすがる敵の攻撃を抑え、撃退しながら人類側は戦い続けた。退いた隊の代わりを精鋭が担《にな》い、さらに士魂号が交代する。東の空が白む頃には、幻獣側の攻撃はほぼ終息《しゅうそく》を迎えていた。

不眠不休《ふみんふきゅう》の戦いに、５１２１小隊の隊員たちは目を充血《じゅうけつ》させていた。消耗《しょうもう》し、多くの装備を失ったとはいえ、三十個に及ぶ小隊群が南関インターチェンジ付近に集結していた。彼らを守るように、三機の士魂号は周辺を警戒していた。今は何よりも空襲がこわかった。

戦う余力《よりょく》のある兵たちも、高射機関砲を、九四式機銃を空に向け、万が一の場合に備えている。撤退距離およそ八キロ余に及ぶ機動防御戦を彼らは戦い抜いた。兵らの顔は煤と埃に汚れ切っているが、その目はなおも光を失ってはいなかった。

北の方角から微かなエンジン音が響いた。自動車道を一台の奇妙な乗り物が進んでくる。

「原さんっ……！　善行司令も！」

森は急いで補給車の屋根に飛び乗ると、目を凝らして真っ赤なサイドカーを見つめた。サイドカーはけたたましい排気音をあげながらぐんぐんと近づいてくる。

「原さ～～～～～～ん！」

森は思いっきり伸び上がると、力いっぱい手を振った。

他の整備員たちもそれぞれの車両から飛び出すと、声を限りに歓声をあげた。

「厚志よ。これで役者は揃ったな」

わき立つ整備員を横目に、舞は近づいてくるサイドカーを見守った。

「そのセリフ、どこで覚えたの？　滝川から戦隊もののビデオでも借りたのかな？」

厚志が冷やかすと、舞は足を伸ばし、前席の厚志を蹴った。しかし、その仕種《しぐさ》にもなんだか喜びが感じられる、と厚志は思った。

「これからだ。これから我らは地獄の劫火《ごうか》を経験することになる。戦いの半ばにして我らは死ぬかもしれぬ」

「わかっているさ」厚志は穏やかな声で言った。すでになすべきことは決まっている。

「どこかの誰かの未来のために……わたしはこの言葉が好きだ。わたしについてきてくれ。わたしを助けてくれ。我らはふたりでひとつ。生きる時も死ぬ時も、な」

「ああ、生きる時も死ぬ時も」

厚志の晴れやかな声がコックピットに響き渡った。

サイドカーから降りた原に森が抱きついていた。ゴーグルをはずした善行に、瀬戸口が何やら言って互いに苦笑いを浮かべ合っている。

５１２１だ。これが５１２１小隊だ！　厚志はいつしか歓喜《かんき》の念に身を震わせていた。


（下巻へ続く）

魅惑の短編

原日記

原日記・黒

自然休戦期《しぜんきゅうせんき》を間近に控え、五月の陽光もまぶしい今日この頃《ごろ》。春の盛りを感じるのはベランダに出て洗濯物を干《ほ》す時の燦燦《さんさん》と降り注《そそ》ぐ光。公園を散歩する時にどこからか流れてくる花の香り。わたしはお気に入りのカフェでなじみのギャルソンにダージリン・ロイヤルを注文するの……ってどこかで聞いたって？　デジャヴね。きっと夢でも見ていたんじゃないかしら。

隊員たちを見ても春だなって感じる。

なんとあの仕事ひと筋の森が滝川君とお弁当を食べていたのよ！　場所は校門横の芝生《しばふ》の植え込みの陰。巧《たく》みにカムフラージュしていたようだけど、わたしの目はごまかせない。歩いていたら鶏《とり》の照り焼きのにおいがぷんと漂ってきた。あのにおいは……わたしがかつて森《もり》に伝授《でんじゅ》した味付け。たれの醤油《しょうゆ》と味醂《みりん》の配合が独特なんだからね、ショウガをちょっと加えている。そう、わたしの嗅覚《きゅうかく》はごまかせないの。愛弟子《まなでし》の森が心配になって、ついつい匍匐《ほふく》して物陰からふたりの様子を見守ることにした。

なんと！　滝川《たきがわ》君の手には手づくり弁当！　若鶏の照り焼きと芋《いも》の煮っ転がしと、それからきんぴらの豪華版《ごうかばん》よ。しかもご飯はこれでもかというようにぱんぱんに詰め込んである。森さん、大奮発《だいふんぱつ》したのね。なんて健気《けなげ》な子。そうこうするうちに、森は嬉《うれ》しそうに「この照り焼き、ちょっと自信があるんです」なんて言ってるの。そんでもって、はい、あ～んしてなんて。滝川君はまんざらでもなさそうに大口を開けてぱくり。

平和で微笑《ほほえ》ましいわね。人目を忍《しの》ぶところなんて純情で可愛《かわい》いわ。けど、何かが間違っているとその時わたしは思った。違うでしょ！　「この照り焼きはわたしの恩師《おんし》の原大先輩に習ったんです。原さんて家庭的ですよね」なんて普通、そういう会話にならない？　それをさも自分で発明したようなふうに言って！　……うん、一万歩譲って、そのことは許してあげよう。本当に許せないのはね、わたしに隠しごとをすることよ！　整備《せいび》のオキテに反するの。整備って仕事はね、それはそれはシビアな仕事なの。一人前《いちにんまえ》になるまで不純異性交遊禁止なんだからね。「先輩、滝川君とお弁当食べたいんですけど、許可してもらえますか？」なんてね。ちゃんとわたしに許可をもらわなきゃいけないの！

整備班で、はい、あ～んしてをやる資格があるのはわたしだけなんだから。決めた！「一緒《いっしょ》にお弁当食べていいですか許可書」をこれからつくって、整備班の綱紀粛正《こうきしゅくせい》をはかることにしよう。記入事項は百以上、最後にわたしのはんこが必要になるようにしてやるわ。うん、整備班の現状と将来を憂《うれ》えてのことなんだからね。

ふっふっふ、正義は我《われ》にあり！　可愛い後輩たちのことを考えてのことだからね、明日、さっそく発表しようっと。

原日記・赤

　今日はちょっとショックなことがあった。壬生屋《みぶや》さんはわたしが特別に目をかけているパイロットなんだけど、近頃、様子が変なのね。校門脇の芝生にだらしなく寝そべっている瀬戸口《せとぐち》を物陰からちらちらとうかがって、手には風呂敷《ふろしき》に包んだ何かを持っている。顔が火を噴きそうなくらい真っ赤《まか》になって、ぶるぶると体を震わせている。

　わたしの灰色の脳細胞《のうさいぼう》は、即座《そくざ》に結論を導《みちび》き出した。まず、瀬戸口に視線を向けているのは、きっと彼に「お金を貸した」のね。けど、あの男はのらりくらりと言い逃《のが》れてなかなか返そうとしないわけ。風呂敷包みの中には「借用書《しゃくようしょ》」がぎっしりと詰まっているにちがいないわ。気の毒に壬生屋さん、なかなか彼に言い出せないってわけ。

　わたしはつかつかと壬生屋さんに近づくと、やさしく声をかけてあげた。壬生屋さん、ビクリとして一メートルは跳び上がったわねえ。

「大丈夫だから。交渉《こうしょう》はわたしに任せて」と言ったら、壬生屋さん、真っ赤になって「え、けど、そんなことを原さんに……」なんて遠慮《えんりょ》するの。可愛い子！　わたしは彼女から風呂敷包みを奪うと、瀬戸口の前に立った。「ん、なんです？」なんて白々《しらじら》しい。わたしはにこりと最高の笑顔を浮かべて、「あなたは人としてまちがっているわ」と言ってあげた。案《あん》の定《じょう》、瀬戸口の顔には狼狽《ろうばい》の色が浮かんで、「なんのことです？」なんて。

さすが瀬戸口！　二枚腰……じゃなかった二枚舌。とぼけるのが上手《じょうず》ね。これじゃ永久に壬生屋さんのお金は返ってこないわ。わたしは冷静に命令をしたの。

「すぐに全財産を出しなさい。出さないとあなたを懲罰《ちょうばつ》委員会にかけるわ」

「え、どうして俺が？　全財産って……」

まだとぼけるかと、わたしは瀬戸口をボディチェックして財布《さいふ》を抜き取った。「ちょっと、ちょっと待ってくださいよ。なんのことだか」当然、無視。ふん、四千五百円か、しけているわね。借用書一枚ぶんにはなるかしらと、わたしは風呂敷包みを開けてみた。ん？　なんだか食べ物のにおいがするけど。弁当箱に似ているわね。ふたを開けてわたしはショックを受けた。なんとホントのお弁当だったのよ！　焼きたらこに、たこさんウィンナ、鶏の唐揚《からあ》げ、おしんこ少量、ご飯。借用書とはちょっとだけ違うわね。

「わっ！」と泣き声が聞こえた。「原さんの、原さんの馬鹿ぁ――！」壬生屋さん、思いっきり叫ぶと、草履《ぞうり》の音をぱたぱたさせて走り去った。ふっ、素子《もとこ》ちゃん、とんだ勇《いさ》み足《あし》。わたしは超最高の笑顔で瀬戸口に弁当箱を渡した。そして凍りついている瀬戸口に言ってあげたの。

「ブツは確かに渡したわ。よく味わって食べなさいね」

珠玉の短編

ソックスハンター列伝

飛べ！　ソックスステルス

五月のとある昼下がり。芝村舞《しばむらまい》は思いっきり不機嫌《ふきげん》な顔でやきそばパンを咀嚼《そしゃく》し終えると、

「ふむ、今日こそは……」とつぶやき、教室を出た。

近頃の厚志《あつし》の動向には不審《ふしん》な点が多かった。以前であったら昼飯を済ませたあと、やつは必ずグラウンド土手《どて》で滝川《たきがわ》、茜《あかね》らと寝そべっているか、さもなくば田代《たしろ》、石津《いしづ》とクッキーなど齧《かじ》りながら世間話《せけんばなし》というやつをしていたものだ。

それが近頃、見当たらぬ。何故《なぜ》だ？　確かにどんな人間にもひとりになりたい時はある。しかし、戻ってくる時の厚志の顔はげっそりと憔悴《しょうすい》している。何があった？　腹の具合でも悪いのかと一度問い詰めたことがあるが、厚志は弱々しげに笑って、

「大丈夫だから。近頃、ちょっと疲れているだけだから」と言うだけだった。

グラウンド土手《どて》へと足を向ける。すると滝川と茜が寝そべって、しきりにゲーム談義《だんぎ》を闘わせていた。舞の姿を認めると、滝川がぎょっとしたように身を起こした。

「厚志を捜しているのだが、そなた、何か知らないか？」

「お、俺は別に……近頃、あいつ、つき合い悪いんだ。飯に誘っても、ごめん、先約があるからなんて言ってよ」滝川が早口で言った。

「ふ。君も甘いな。速水《はやみ》のこと、好きなやつってけっこういるんだぜ。ぐずぐずしていると、誰かさんに持っていかれちゃうよ」茜が冷笑して言った。

なんだと？　舞は顔色を変えぬよう努めながら、ムンズと茜の胸倉《むなぐら》をつかんだ。

「誰かさんとは誰のことだ？」

「ま、待て！　暴力はやめろ。僕はただ、君に忠告《ちゅうこく》しただけだ。監視体制を強めろってな」

暴力が苦手な茜は真っ青になって言った。しかし舞には聞こえず、次々と女性隊員たちの顔を脳裏《のうり》に思い浮かべていた。まず原素子《はらもとこ》は善行《ぜんぎょう》だろう。森精華《もりせいか》はここにいる猿以上類人猿《るいじんえん》以下と仲が良いと東原《ひがしはら》に聞いた。壬生屋《みぶや》は瀬戸口《せとぐち》。加藤《かとう》は狩谷《かりや》。これも東原情報だ。となれば、田辺《たなべ》……新井木《あらいぎ》……ヨーコ？　待て、田代か？　クッキーパーティと称して、やつは田代、石津とたむろしていることがあるからな。舞は、険しい目で滝川と茜をにらみつけた。

「どちらだ？」

「へ……？」滝川の間抜けた声。

「田代か、それとも石津か？　場合によっては決着をつけねばならん」

「……なあ、茜の冗談をマジに取るなよ。大丈夫だって、速水はおまえのこと裏切らねえよ」

言いながら、滝川の視線は宙をさまよっている。舞は「たわけ！」と一喝《いっかつ》すると、田代・石津のもとへダッシュした。

「近頃、来てねえよな」田代は、どうしたんだという顔で舞に言った。

「来て……ないの」石津も同意する。

「本当だろうな、隠しごとするとためにならんぞ」舞は険しい顔で田代をにらみつけた。

「ああ……？　俺に因縁《いんねん》つけようってのか？」田代も目を光らせて舞の視線を受け止める。

そこへどこからか弱々しい声が響いた。

「僕には無理だ。そんな……舞を……」

どこからだ？　体育館か？　舞はふたりを放って体育館へと走った。おそるおそる扉の陰から様子をいかがい、愕然《がくぜん》とした。まさか、中村光弘《なかむらみつひろ》が相手か！　中村が厚志《あつし》の肩を抱き、にやにやと話しかけている。噂《うわさ》には聞いていたが……しかし、瀬戸口だったらあり得たろうが、まさかあの中村とは！　舞の頭脳は混乱し、シナプス結合が各所でぶち切れ寸前となった。ん、しかし、待てよ、と舞はもうひとりの人物に目を留めた。岩田裕《いわたひろむ》まで！　わたしは悪い夢を見ているのか？　待て、そんな、厚志はまさかそんな破廉恥《はれんち》なことはしないだろう。これは何かのまちがいだ、と舞は拳《こぶし》を握り締め、しきりに冷静になろうと深呼吸を繰り返した。

「だいたい僕は君たちの仲間じゃないんだ」言葉はきっぱりしているが、声は弱々しかった。

「フフフ、けれど、わたしたちは確認したはずですよ。『わたしたちは仲間ですよね』って。そうしたら速水は『もちろん！』と元気よく答えてくれましたね」

岩田が薄笑いを浮かべ、厚志にささやく。

「だけん、俺らは大切な、命にも関わる秘密を打ち明けた。秘密を聞いた以上、今さら、抜けるなんてことはできんばい、ソックスステルス」

「その名前で呼ぶのはやめて！」厚志は耳を押さえてうずくまった。

な、何がなんだかわからぬ……。舞は茫然《ぼうぜん》として、成り行きを見守った。しかし、どうやら破廉恥なことだけはなさそうだ。舞は決然として、三人のもとへ歩み寄った。

「舞っ……！　だめだ来ては！」厚志の悲痛な叫びに、舞は心打たれた。

「フフフ、ここにいる芝村にあなたの正体をバラしてもいいんですか？　ソックスステルス」

「待って、誤解《ごかい》なんだ。信じてよ、舞。僕はソックスハンターなんかじゃないんだよ！」

厚志は涙目で必死に訴えた。

「ただ、仲間だよねっていうから5121小隊の仲間の意味だと思って『うん』って答えただけなんだ。それなのに、女子のソックスの話とか延々《えんえん》とされてソックスステルスなんて呼ばれて。信じて！　僕は潔白《けっぱく》なんだ！」

「しかし……わたしにはなんのことやら理解できぬ」

舞は困惑《こんわく》したように厚志に言った。わからぬ。女子のソックスがどうしたというのだ？

その時、ピリピリと警笛《けいてき》が鳴って、十人以上の女子学兵《がくへい》がなだれ込んできた。

「そこまで！　そこまでよ！　全員、生徒会連合会則第百八条補則《ほそく》十七号により逮捕《たいほ》します。被害者《ひがいしゃ》、保護っ！」

「な、なんなんだ、そなたらは……？」

舞は被害者を保護するためなのか、全身に毛布を巻きつけられ、連れ去られていった。

「もう大丈夫だから」「けだものは全員逮捕するから」ああ、このパターンは前に一度、と思いながら、覆《おお》い被《かぶ》さる女子学兵の山の中から厚志の腕が伸びているのを目にした。「ぼ、僕は無実なんだ……」。弱々しく言うと、その手はやがて、はたりと床の上に落ちた。

結局のところ、中村、岩田の両名はあらかじめつくってあった「隠し扉」から脱出。生徒会連合の女子学兵は長蛇《ちょうだ》を逸《いっ》した。

厚志は数時間に及ぶ尋問《じんもん》ののち、釈放《しゃくほう》された。げっそりとした表情で三番機の点検をしている舞のもとに現れたのは夜になってからだった。

「ごめん。君を巻き込んでしまって……」

「毛布には巻かれたが。それにしてもなんだったのだ、あれは？　ソックスステルスとはなんなのだ？　ステルスといえば兵器だが」

「ねえ、舞」厚志は憔悴した顔で、ぽつりと言った。

「なんだ？」

「世の中には知らなくてもいいことがあるんだよ。お願いだから僕を信じて」

厚志の言葉に、舞は静かにうなずいた。そうだ、わたしは厚志を信じると決めたのだ。今さら厚志の何を疑おうというのだろう。

そんなふたりの様子を中村と岩田はプレハブ校舎屋上から双眼鏡でのぞき込んでいた。

「ソックスステルスはついに飛ぶことはなかった」

「やつならハンター界の彗星《すいせい》として、凄腕《すごうで》のハンターになれたものを。惜《お》しかことばいね」

「フフフ、それが世の中というものですよ。天才とは薄幸《はっこう》なものです」

「だけん、これからどうするばいね？　ロボは死に、ステルスは飛ぶことなく終わった。残る人材《じんざい》は底をついてしもうた」

「わたしたちは大切な人物を忘れていますよ。茜大介《だいすけ》。森のソックスを目の前にちらつかせればわたしたちの忠実な僕《しもべ》となるでしょう」

「おう、その手があったか！　コードネームは、そうたいね、ソックスギャルソーン」

世にも下手《へた》くそな鼻孔音《びこうおん》であったため、中村の「ギャルソーン」は豚《ぶた》の物真似《ものまね》にしか聞こえなかった。それでも、ふたりは顔を見合わせ、にやりと笑うと、

「じゃっ、そういうことで」スキップをしながら、屋上をあとにするのであった。

断り書き・読者の皆様へ作者から

本書『ガンパレード・マーチ5121小隊　九州撤退戦』は、1999年五月六日からはじまった「薄氷《はくひょう》の四日間」とのちに呼ばれた撤退戦を描いた小説です。

シリーズとしては『ガンパレード・マーチ5121小隊熊本城決戦』の続編に当たり、芝村《しばむら》氏との共著である『ガンパレード・マーチ　あんたがたどこさ』とは時系列《じけいれつ》等、別シリーズと考えていただければ幸いです。「あんたがたどこさ」の世界での幻獣共生派の熊本市内での蜂起《ほうき》、司令部ビル爆破は、本シリーズでは五月一日に起こっています。

以下、熊本城決戦以降の本シリーズでの事件を時系列順に挙げると、

・四月二四日　熊本城決戦
・五月一日　熊本市内における幻獣共生派蜂起（あんたがたどこさ）
・五月六日　幻獣軍大攻勢（九州撤退戦）

となります。本来なら「熊本城決戦」のすぐあとに、本シリーズ内で熊本市内における「共生派蜂起」、そして本書を執筆《しっぴつ》すべきだったのでしょうが、さまざまな事情からそれがかなわ

ず申し訳ありません。それでは5121小隊の面々の悲惨《ひさん》にして滑稽《こっけい》、滑稽にして悲惨な九州撤退戦の物語を楽しんでください。

（榊涼介）

きむらじゅんこの憂鬱Ⅶ
キャラクター・デザイナーにして挿し絵画家！

みなさま お久しぶりです！ きむらじゅんこです。
またこうやって挿し絵をかかせてもらう事ができてとても嬉しいです。
「ゆううつ」も久しぶ〜りだったので、どんなん だっけ…と
前回の原稿を見てみたのですが
「……」
「……」
ちょっと落ち着きなさいというか
恥ずかしイイ――――!!!!
なんというか、頭に
花の咲いたような
文章ですみません
でした…
すごく反省

でも相変わらず
文章が思いうかば
ないので絵で
ごまかしてみま
した。
茜は立ち絵
以降、チャーム
ポイント(?)の
生足…
美脚を
描く機会に

恵まれなかったので、今回おもう存分かいてみました。とてもすっきりです。

ここのところ九州はあつくてあつくてたまりません。暑さギライにとって
地獄のシーズンがやってきてしまいました…。梅雨があまり感じられなくっ
さすがに冷房きかせすぎで「ちょっと冷蔵庫のよう…」と思ったりもして。

電気料金コワーーイ!!!!

そうそう、今回は撤退戦…ということでしたので(?)気分を出すために私も
ソフトをひっぱり出してきてプレイしてみました。さて、Bランクだったよね〜

じつは初期のセンセーの服は
ピンクの…チェック柄でした♡

がんばってやるかぁ〜
がんばって〜
がんばって〜
わーいけんらんぶ
以下略

ま、まだまだ私
がんばれちゃった!!!
みたいな感じでした…
数日を費やしてしまって
んもう私のバカ!!

おかげで
今死ぬ目に…

えっと、スペースめずらしく
多少文章入れられたので
こ、このへんで!!
また下巻で!!

きむら
じゅんこ

2004年某月某日

高機動幻想
ガンパレード・マーチ

機種●	プレイステーション用ソフト
メーカー●	ソニー・コンピュータエンタテインメント
ジャンル●	GAME
定価●	5,800円(税抜)
発売日●	2000年9月28日発売

アクション、アドベンチャー、シミュレーション……。ジャンル表記がままならないほど、ゲームのあらゆる面白さを、すべて盛りこんでしまった作品。舞台となるのは異世界から来た幻獣との戦いが激化する日本。プレイヤーは少年兵として軍の訓練校に入学し、パイロットとして腕を磨いていく。ゲームの進行はリアルタイム。学園生活で恋愛するもよし、必死で勉強するもよし、戦闘に明け暮れるもよし。自由度の高いシステムの中で、自分なりの楽しみ方を見つけよう！

●榊　涼介著作リスト

「偽書信長伝　秋葉原の野望　巻の上・下」（角川スニーカー文庫）
「偽書幕末伝　秋葉原竜馬がゆく(一)～(三)」（電撃文庫）
「アウロスの傭兵　少女レトの戦い」（同）
「疾風の剣　セント・クレイモア」　全3巻（同）
「忍者　風切り一平太」全4巻（同）
「鄭問之三國誌〈一〉～〈三〉」（メディアワークス刊）
「神来ーカムライー」（電撃ゲーム文庫）
「7BLADES　地獄極楽丸と鉄砲お百合」（同）
「ガンパレード・マーチ　5121小隊の日常」（同）
「ガンパレード・マーチ　5121小隊　決戦前夜」（同）
「ガンパレード・マーチ　5121小隊　熊本城決戦」（同）
「ガンパレード・マーチ　episode ONE」（同）
「ガンパレード・マーチ　episode TWO」（同）
「ガンパレード・マーチ　あんたがたどこさ♪」（同）

本書に対するご意見、ご感想をお寄せください。

■

あて先

〒101-8305 東京都千代田区神田駿河台1-8 東京YWCA会館
メディアワークス電撃ゲーム文庫編集部
「榊 涼介先生」係
「きむらじゅんこ先生」係

■

電撃文庫

ガンパレード・マーチ
5121小隊《しょうたい》 九州撤退戦《きゅうしゅうてったいせん》〈上〉

榊《さかき》 涼介《りょうすけ》

発　行　二〇〇四年八月二十五日　初版発行

発行者　佐藤辰男

発行所　株式会社メディアワークス
〒一〇一-八三〇五　東京都千代田区神田駿河台一-八
東京YWCA会館
電話〇三-五二八一-五二二一（編集）

発売元　株式会社角川書店
〒一〇二-八一七七　東京都千代田区富士見二-十三-三
電話〇三-三二三八-八六〇五（営業）

装丁者　荻窪裕司（META＋MANIERA）

印刷・製本　あかつきBP株式会社

落丁・乱丁本はお取り替えいたします。
定価はカバーに表示してあります。

日本音楽著作権協会（出）許諾第0409565-401号
Printed in Japan
ISBN4-8402-2791-8 C0193

電撃文庫創刊に際して

文庫は、我が国にとどまらず、世界の書籍の流れのなかで〝小さな巨人〟としての地位を築いてきた。古今東西の名著を、廉価で手に入りやすい形で提供してきたからこそ、人は文庫を自分の師として、また青春の想い出として、語りついできたのである。

その源を、文化的にはドイツのレクラム文庫に求めるにせよ、規模の上でイギリスのペンギンブックスに求めるにせよ、いま文庫は知識人の層の多様化に従って、ますますその意義を大きくしていると言ってよい。

文庫出版の意味するものは、激動の現代のみならず将来にわたって、大きくなることはあっても、小さくなることはないだろう。

「電撃文庫」は、そのように多様化した対象に応え、歴史に耐えうる作品を収録するのはもちろん、新しい世紀を迎えるにあたって、既成の枠をこえる新鮮で強烈なアイ・オープナーたりたい。

その特異さ故に、この存在は、かつて文庫がはじめて出版世界に登場したときと、同じ戸惑いを読書人に与えるかもしれない。

しかし、〈Changing Time, Changing Publishing〉時代は変わって、出版も変わる。時を重ねるなかで、精神の糧として、心の一隅を占めるものとして、次なる文化の担い手の若者たちに確かな評価を得られると信じて、ここに「電撃文庫」を出版する。

1993年6月10日
角川歴彦